흐르는 물처럼
아련한 수묵화처럼

흐르는 물처럼
아련한 수묵화처럼

백남흥 지음

작가와비평

시냇물 같은 나의 여정

칠갑산 자락의 작은 산골 마을에서 내 인생이 시작되었다. 충남 부여군과 청양군 경계의 은산면 회곡리, 양지 바른 마을, 양지뜸에서 첫 울음을 터뜨렸을 때 앞으로 펼쳐질 굴곡진 삶의 여정을 알지 못했다. 그저 맑은 시냇물처럼 굽이쳐 흘러가는 줄로만 알았다.

만 두 살 때 아버지를 여의고, 홀어머니와 부모 같은 큰 형님과 두 형의 보살핌으로 자랐다. 산과 시냇물, 들녘에 어우러진 전형적인 산촌의 자연과 함께 구김 없이 자랄 수 있었다. 그때의 추억은 지금도 내 마음 한편에 따스하게 자리 잡고 있다.

초등학교를 졸업하고 상급 학교에 진학하지 못했지만, 학업을 포기하지 않았다. 농사일을 도우며, 시내 교회에서 운영하는 고등공민학교를 거쳐 중학 과정을 이수했다. 이 여정은 내 꿈을 향한 첫 발걸음이었다.

부여고등학교를 졸업 후, 서울 유학의 꿈을 안고 상경했다. 어렵사리 재수 끝에 K 대학교 금속공학과에 입학했다. 집안의 경제적 여건이 어려웠지만 미래를 향한 희망을 잃지 않았다. 한 학기만을 마치고, 3년간의 군복무를 끝냈다. 과외지도로 학비를 스스로 해결하며 우여곡절 끝에 5년 만에 대학을 졸업했다. 그시절의 고난은 내 인생의 소중한 밑거름이 되었다.

현대자동차에 입사하면서 내 인생은 새로운 장이 열렸다. 포니 국산차 보수용 부품개발부터 부품판매부, A/S총무부, 남양연구소, 기아자동차 등 여러 부서를 거치며 30년간 회사와 함께 성장했다. 내 인생의 젊음도 열정도 다 소진한 직장생활, 회사의 임원이라는 자리에서 여정에 마침표를 찍었다. 이것이 내 인생에서 한 줄기 삶의 결실을 맺는 순간이었다.

60을 넘어 제2의 인생을 시작하면서, 나는 새로운 도전에 나섰다. 여행과 쉼을 즐기며 평생교육원과 문화센터에서 그림을 배우기 시작했다. 한국화에 매료되어 열심히 배우며 개인전시

회도 가졌다. 10여 년 만에 대한민국 미술대전에 도전해 한국
화와 문인화 양 부문에 입선, 늦깎이 화가로서 활동하는 영광을
누리게 됐다.

　나에게는 친구들이 부러워하는 세 가지 자랑거리가 있다. '그
림은 화가요, 노래는 가수요, 골프는 싱글이다.' 트로트를 사랑
해서 코로나19 기간 동안 매일 노래 연습을 하고, 골프는 아마
추어 싱글로서 에이지 숫터 수준까지 이르렀다.

　어릴 때부터 운동을 좋아해 테니스, 탁구, 씨름, 배구, 스케이
트, 수영 등 생활체육을 즐길 수 있을 정도의 실력을 갖추고 있
다. 지금 생각하니 음악, 미술, 체육을 좋아했던 것이 인생 후반
의 풍요로운 취미생활로 이어진 것 같다.

　최근에는 한국디지털문인협회 회원으로 수필과 자서전 쓰기
를 배우고 있다. 지나온 삶의 여정을 정리하고 기록으로 남기고
싶은 마음이다. 평생 소홀했던 독서와 글쓰기를 통해 새로운 활
력을 얻고 있다.

산골 소년에서 회사 임원을 거쳐 이제는 예술을 즐기는 노년의 삶까지, 도전과 성장을 향한 내 인생은 끊임없이 계속된다. 시냇물처럼 때로는 굽이치고, 굴러떨어지며, 빠르게 흘러왔지만 언제나 앞만 보고 달려왔다.

　시냇물이 바다에 이르듯, 남아 있는 삶도 더 넓은 세상을 향해 나아갈 것이다. 사랑하는 아내와 두 아들, 며느리, 어엿한 예비 청년 손자들과 함께 남은 인생을 믿음과 사랑으로 채워가고 싶다.

2025년 6월
백남흥 씀

목차

고향의 봄

1장

유년의 고향 풍경

가슴에 영원히 살고 있는 그곳

　내 고향 칠갑산 자락의 금강 상류에 지천支川이라 부르는 시냇물이 굽이굽이 흐른다. 예부터 햇빛이 잘 드는 마을이란 뜻으로 양지뜸이라 불러왔다. 열 채 남짓 초가집이 다정하게 모여 있는 모습은 둥지 튼 새집들처럼 온화하고 정겹기만 하다. 뒷산이 포근히 마을을 감싸고 있어 자연의 조화가 참으로 고맙기만 하다.

　마을 뒤편에 수십 년 묵은 상수리나무와 소나무가 숲을 이룬다. 산마루에 자리 잡은 형제바위는 마을을 지키는 수호신 같다. 바위틈을 비집고 자라는 싸리나무와 칡넝쿨은 제 몸을 낮추어 산 아래 돌담을 덮어준다.

　앞산의 무너진 성벽은 마을을 지켜주던 세월의 흔적 그대로다. 돌 하나하나에 마을 사람들의 기도와 시간이 배어 있는 듯,

묵묵히 바라보는 것만으로도 마음이 경건해진다.

마을의 산과 들이 어우러진 풍경은 계절에 따라 변하는 한 폭의 수묵화처럼 봄, 여름, 가을, 겨울의 정경에 맞게 서서히 물들어 간다.

봄이 오면 양지뜸 마을은 생명력으로 풍요로움이 가득 차 있다. 마을 어귀의 백 년 묵은 느티나무는 굳건한 마을의 지킴이로 제 몫을 다하면서 새잎을 피워 봄의 도래를 알린다. 텃밭 모퉁이 진분홍 복숭아꽃이 터질 듯 아침 이슬을 머금을 무렵이면 밭두렁의 살구나무에도 연분홍빛 꽃망울이 터진다. 봄이 왔음을 알리는 자연의 신호이다.

앞집 담장 울타리의 개나리꽃이 노란 웃음을 환하게 피워내고, 돌담 사이로 돌나물 소복이 자라, 싱그러운 얼굴로 봄 화장을 마친다. 이렇게 산골 마을의 봄은 어머니 품처럼 따뜻하고 각각의 빛깔로 풍성하다. 마을 한가운데 자리 잡은 우물가는 아낙네의 사랑방이다. 아침나절 물 길으러 나온 아낙네들의 수다 소리로 마을은 활기가 넘치고, 하루 종일 울리는 빨래 소리가 흥겨운 난타 음악이 된다.

여름엔 마을이 생동감 넘친다. 산비탈 보리밭 고랑 따라 불어오는 남풍은 풍랑을 일으키고 바람 타고 들려오는 사랑 찾는 새들의 울음소리에 마을은 점점 생기를 띤다. 논두렁에 모내기를 준비하는 농부들의 모습이 햇살 아래 그림처럼 펼쳐지고, 이웃 처녀와 재 넘어 총각의 혼담 이야기는 마을에 사랑의 꽃을 피운다.

마을 뒷동산의 울창한 녹음은 지친 영혼의 쉼터가 되어 준다. 개울물 흐르는 맑은 소리는 농부의 지친 가슴을 씻어주고, 농부의 구슬 같은 땀방울은 풍요로운 가을의 결실을 약속한다. 저녁이면 수풀 속의 귀뚜라미 애처롭게 울어대고, 여름밤의 반딧불은 어둠 속에 별빛으로 수놓는다. 길가에 핀 들국화는 지나는 이웃에게 아침 인사를 건네고, 담장 너머로 고개 내민 호박 덩굴은 가을의 풍요를 넌지시 예견한다.

가을이 익어가면, 집집마다 감나무는 주황빛으로 물들어 가고 들녘의 누런 벼 이삭은 겸손히 고개를 숙인다. 텃밭의 밭곡식은 늦가을 햇살을 받으며 익어가고, 장독대의 항아리는 하늘로 입을 벌린 채 세월의 깊은 맛을 담아낸다.

황혼 무렵이면 붉은 노을이 마을을 감싸고, 굴뚝마다 피어오르는 연기는 저녁밥 짓는 구수한 냄새와 함께 포근한 가을의 정취를 더한다. 초저녁 달빛에 익어가는 홍시가 유난히 먹음직스럽고, 지붕으로 가지를 뻗은 감나무는 초가집 지붕 위에 은은한 그림자를 아름답게 드리운다.

겨울이 오면 마을은 하얀 침묵 속에 잠긴다. 첫눈이 내리면 초가집 지붕은 하얀 이불을 뒤집어서 쓴 듯 포근해진다. 굴뚝에서 피어오르는 연기는 하늘로 솟아올라, 겨울 풍경에 진한 감동을 선사한다. 뒷산이 북풍을 막아 주어 마을은 소곤소곤 겨울잠에 빠진 듯 평화롭다.

마을 어귀의 마을 회관 사랑방은 노인들의 이야기 소리에 겨울밤의 적막을 깨뜨린다. 그들의 대화는 오래된 나무둥치처럼 깊이 있는 마을의 역사가 되어 후손들에게 소중히 전해진다.

나를 키운 우리 마을의 사계절은 이렇게 끊임없이 순환하며 자연의 변함없는 섭리를 보여준다. 봄의 설렘, 여름의 활기, 가을의 풍요로움, 겨울의 고요함이 하나의 완벽한 그림을 그려낸다. 세월이 흘러도 변함없이 이어지는 자연의 순환 속에서 마을 사람들은 서로를 의지하며 정겨운 삶을 이어가고 있다.

우리 마을의 옛 모습은 내게 영원한 그리움의 연못이다.

가을 운동회

　기다리던 가을 운동회 날이다. 신작로의 코스모스 꽃이 바람에 살랑살랑, 가을의 정취에 취한 듯하다. 유난히 맑고 여리게 아름답다. 분홍꽃과 빨강꽃이 방긋방긋 웃는 모습은 마치 유치원 고사리들의 행복한 얼굴 같다. 새 운동화, 반바지, 운동복에 청백색 머리띠, 운동모자 차림이 아침 햇살에 눈에 띄어 보인다.

　오늘따라 유난히 하늘은 넓고 푸르러 높아 보인다. 동네 아이, 어른들도 오일장 보러 가듯 들떠 있는 모습이다. 운동장에 도착하니 많은 사람으로 활기차다. 오늘만큼은 모두가 학교의 일원이 된듯하다. 마이크와 호루라기 소리에 넓고 조용하던 교정이 백중날 시장터 분위기다.

높고 푸른 하늘 아래, 운동장 트랙을 따라 "청군 이겨라!", "백군 이겨라!" 함성이 메아리친다. 반 아이들은 달리기 전 준비운동을 하느라 분주하다.

멀리뛰기 연습하는 철수, 줄넘기에 도전하는 영희, 모두의 얼굴에는 설렘과 긴장이 교차한다. 운동장 안에서는 고사리손들이 "야~ 아~" 소리 내며, 모래주머니를 던져 장대에 매단 큰 공을 터트리는 경주가 한창이다.

트랙에는 100m 달리기 출발 호루라기 소리에 잠자던 산토끼가 뛰어나가듯 사력을 다하여 출발한다. 언니, 누나들의 부채춤은 대감집 생일잔치 경내 행사 못지않다. 어린이들의 큰 공 굴리기, 태권도 시범 묘기에 운동장 안은 박수 소리와 탄성으로 가득 찬다.

이어지는 볼거리는 고학년 형들의 기마전이다. 마치 옛 전쟁 영화의 한 장면 같다. 기마전 싸움은 전쟁터에서 실전과 같이 용맹스럽게 서로를 밀고 당기며 상대방 기수를 넘어뜨린다. 최고의 예술인 형들이 보여주는 기계체조, 물구나무서기, 높은 탑 쌓기 같은 고난도 기술이 가을 운동회의 정점을 이룬다.

점심시간이 되자 운동장 가장자리는 잔치 분위기로 바뀐다. 일 년 농사 수확을 마치고, 추석을 겸한 축제 마당이 바로 초등학교 가을 운동회다. 먹을거리도 풍부하다. 각 가정에서 정성스레 준비해 온 도시락이 돗자리 위에 펼쳐진다. 흰 햅쌀밥과 엄마가 새벽부터 준비한 반찬들, 이웃집과 나누어 먹는 과일과 떡은 가을 운동회의 즐거움을 더한다.

오랜만에 먹어보는 사과, 배, 감 등도 이때가 최고의 맛이다. 사이다와 콜라는 덤으로 한 병이면 족하다. 한 모금에 왠지 행복 감이 온몸으로 퍼져나간다.

평생 잊지 못할 가을 운동회의 최고 분위기는 청팀, 백팀 릴레이 경주이다. 선발된 4명의 대표선수가 바통을 주고받고 트랙을 달리는 경주이다. 순위가 갈릴 때면 응원하는 관중들의 함성이 하늘을 찌른다. 승패와 관계없이 모두가 웃고 환호하는 그 순간, 우리는 모든 부모와 형제, 관중까지도 하나가 된다.

해가 기울어갈 무렵, 하루 종일 이어진 운동회가 막을 내린다. 반 조별달리기에서 일등을 하면 누구에게나 최고의 자랑거리이 다. 불행하게 등수 안에 못 들어도 참가상으로 공책 한 권 받으 니 다행이다. 집으로 돌아오는 길, 노을빛에 물든 코스모스 꽃밭 사이로 우리의 발걸음이 이어진다. 피곤했지만 한편으로는 말로 표현할 수 없는 즐거움과 행복함이 가득하다.

지금도 가을바람이 불 때면 문득 그때가 생각난다. 교실 화단 에 코스모스 꽃잎이 하늘거리고, 친구들과 나누는 재담소리, 학 부모님의 격려와 응원, 그리고 그날의 설렘과 희망이 마음 한구 석에 고스란히 남아 있다. 시골 학교의 가을 운동회는 단순한 학교 행사가 아닌, 우리 모두의 축제였고 추억이었다.

그 시절로 돌아갈 수는 없지만, 기억은 언제나 내 삶의 따뜻한 위안이 되어준다. 회상하기만 하여도 힘이 솟는다. 생각만 해도 힐링이 된다. 그냥 눈만 감아도 가을바람에 흩날리는 코스모스 꽃잎과 많은 인파로 꽉 찬 운동회 모습이 어른거린다.

그때의 설렘과 순수한 기쁨은, 세월이 흘러도 결코 바래지 않는 우리들만의 보물로 가슴에 남아있다.

시골 하천의 풍요

　마을 옆으로 큰 시냇물이 흐른다. 옛날부터 철다리가 놓여 있어 물놀이하기 좋은 곳이다. 물결도 잔잔하며 깊이도 1~2m나 되는 맑은 물이 유유히 흘러 여름철 수영하기에 좋다.

　평소에는 조그만 시냇물에 불과하지만 홍수가 나면 수백 m 폭의 강물을 이루어 많은 사람들이 물 구경을 할 정도로 강폭이 넓어진다. 홍수는 들판에 우거진 숲과 갈대밭을 삼켜버린 채 황토색 강이 된다. 불어난 물은 백마강과 합류해서 서해로 흐르는 금강과 만나 바다로 간다.

　여름방학 때는 어린아이부터 어른까지 다리 밑 그늘에서 쉬며 해 질 무렵까지 수영을 즐긴다. 덕분에 우리 마을에서는 누구나 성장하면서 웬만큼 수영 실력을 갖추게 된다. 덕분에 나도 언제 배웠는지 모를 정도로 자연스럽게 익힌 수영 실력은 남다르다.

고기잡이 경험이 없는 초보자라도 물고기를 잡을 정도로 붕어, 메기, 피라미, 모래무지, 다슬기, 새우 등이 많다. 물살이 있는 곳에서는 견지낚시를 주로 즐긴다. 낚싯밥에 걸린 물고기의 몸 떨림이 온몸에 전해오는 손맛은 바다낚시 이상이다.

대나무 쪽대를 이용해 돌 밑이나 수풀 속에 숨어 있는 물고기를 바닥을 훑으면서 몰아 잡기도 한다. 투망을 이용한 고기잡이는 한꺼번에 여러 마리를 잡을 수 있어 더 재미가 있다. 투망에 많은 고기가 잡혀서 탈출하려는 물고기들이 서로 부딪치며 날뛰는 모습을 볼 때 온몸으로 느껴지는 감각은 투망 고기잡이의 절정을 맛보게 한다.

장마가 지나고 나면 강에서 올라온 잉어, 메기 등 큰 물고기가 더 많다. 물안경도 없이 잠수하여 큰 돌 틈에 숨은 물고기를 작살로 잡아내기도 한다. 둘째 형은 물고기를 잡는 손 기술이 대단하다. 고기 잡으러 나갈 때 꼭 나를 데리고 다녔는데 심부름을 시킬 겸 나의 도움도 필요했던 것 같다. 덕분에 나도 형을 따라다니면서 누렸던, 잊지 못할 추억거리가 많다.

논두렁 물꼬 웅덩이에는 미꾸라지가 옹기종기 모여 있다. 겨울을 나려고 몸통도 불리고 배가 누르스름하게 살쪄 있다. 가을 미꾸라지를 푹 고아 만든 추어탕 칼국수 요리는 최상의 영양 보식이다. 여름내 농사일에 지친 농부들의 기운을 북돋기에 이보다 더할만한 보약이 없다.

벼가 누렇게 익어갈 무렵, 가을비 내리는 가을밤이면 논게가 논두렁 물꼬를 따라 강으로 내려가다 잡히기도 한다. 벼가 여물 때를 맞춰 물을 빼는 물꼬 바닥에 사금 팔이 조각 흰 사발 그릇이 깨 진 조각을 깔면 논게가 물을 따라 지나갈 때 초저녁 밤 호롱불에 도 잘 보인다. 움막에서 조용히 기다리다가 두툼한 장갑을 낀 손 으로 잡아 대나무 망태에 담는다.

흐르는 시냇물에서는 통발 안에 미끼를 넣어 유인하기 위하여 게망을 설치하기도 한다. 게망 줄에 2~3m의 간격으로 수수목 을 달아서 흐르는 냇물을 가로질러 물 바닥에 닿을 정도로 설치 해 놓는다. 달이 밝은 가을밤이면 강으로 내려가던 게들이 수수 먹이를 먹다가 날이 새는 줄도 모르고 매달려 있다.

이른 새벽 미리 쳐 놓았던 게망 줄을 따라 돌아보면서 재빨리 잡기만 하면 된다. 아주 수백 년 전 옛날이나 있을 법한 게 잡는 방법이지만 재미가 쏠쏠하다.

농한기인 겨울에는 동네 청년들 수십여 명이 물길을 막고 연못 의 물을 하루 종일 퍼낸다. 오후쯤이면 물 반 고기 반으로 물고 기들이 난리를 친다. 바닥에 지쳐있는 물고기를 쓸어 담아 잡는 데 그 양이 적지 않다. 씨알이 굵은 붕어, 메기, 가물치, 빠가사리, 논게, 민물새우 등이 많이 잡힌다. 잡은 물고기를 집집마다 나누면 며칠간 포식할 정도로 충분한 양이 된다. 온 동네가 잔치하는 기분이다. 이렇게 농촌의 자연은 사계절 내내 쉽게 얻을 수 있는 물고기 먹거리가 많았다.

모든 게 자연이 주는 풍성한 선물이자 하늘이 내린 축복이다. 지금은 농촌인구 감소, 수질오염, 지구 온난화로 농촌의 자연 생태계가 균형을 잃어 가고 있다. 너무나 삭막하고 안타깝다. 옛날의 시골 농촌 풍요는 한낮 꿈속의 여행이었을 뿐이다.

두둥실 연날리기

　설 명절은 설날부터 정월 대보름날까지를 명절로 쉰다. 명절이 가까워지면 연날리기, 팽이치기, 쥐불놀이 등 예부터 전해 내려오는 전통놀이가 한창이다. 이러한 놀이들은 어른과 아이가 함께 즐길 수 있어 시간 가는 줄 모른다. 손발이 얼고 추워서 양 볼이 빨갛게 얼어도 해가 질 즈음 되어야 집에 들어오는 날이 많다.

　전통놀이는 조상들의 멋과 지혜가 담겨 있다. 농한기를 이용해 즐기던 전통놀이는 마을 간, 가족 간 친목과 유대감을 형성하고 몸과 마음을 건강하게 하며 체력 증진에도 도움을 준다. 한 해의 농사를 거둬들이고 내년 농사의 풍년을 염원하며 즐기던 놀이는 시대를 이어가는 농촌 문화의 내력이기도 하다.

겨울철 놀이 중에는 연날리기가 으뜸이다. 쌀쌀한 날일수록 연날리기 좋게 북풍이 불어 동네 아이들은 물론이고 어른들까지도 함께 즐길 수 있다.

정월 보름 때쯤 되면 추위도 누그러진다. 봄기운과 함께 연날리기에 좋은 바람이 부는 계절이다. 연은 방패연, 가오리연 등 종류도 다양하다. 방패연은 한국의 전통적인 연 중 하나로, 직사각형의 방패 모양이다. 어린 시절에 연 만들기는 놀이를 준비하는 중요한 과정이었다. 재료는 대나무 살, 한지, 풀 등이 필요하다. 방패연을 직접 만드는 과정은 복잡하므로 섬세한 기술이 필요하다.

준비 과정 중 대나무 살 다듬기가 제일 중요한데, 대나무 살의 두께와 길이가 일정해야 한다. 한지에 살을 붙일 때 대각선의 방향을 바르게 해야 좌우측 무게 균형이 맞아서 안정되게 연이 잘 날아오른다.

전통문화를 접하며 직접 만들어 실현해 보는 것은 중요한 경험이다. 디자인의 안목과 집중력, 창의력도 키울 수 있으며 친구와 정보를 공유하고 협력하면서 즐거운 학습시간을 보낼 수 있다. 정성들여 만든 방패연이 하늘 높이 바람에 날아오를 때 실타래의 묵직함과 연줄의 미세한 떨림…, 전율과 쾌감을 온몸으로 느낄 수 있다.

정월 대보름날에 하는 연싸움은 더욱 감동적이다. 서너 사람이 서로 상대방 연줄에 자기 연줄이 엉키도록 당겼다가 놓았다가 하면서 마찰을 가하여 상대방 연줄을 끊어 멀리 날려 버린다. 그 통쾌함은 하늘을 나는 기분이다. 연싸움은 승자도 패자도 없다. 가는 해의 액운을 날려 보내고 오는 해의 행운은 창공에 높이 띄운다. 하늘 높이 오른 방패연은 연줄 무게에 따라 수 km까지 날아간다.

두 아들의 어린 시절에 연 날리던 추억이 부자간의 귀한 추억으로 남아있어 그 시절이 생각난다. 아들과 꼬리연을 만들어 여의도 국회의사당 아래 한강 잔디밭으로 연날리기를 함께 간 적이 있었다. 때마침 봄바람이 세게 불어 큰아들이 올린 연이 높이 날아오르니 그만 자기 연에 정신이 팔려 가족들의 시야에서 벗어나 깜짝 놀란 적도 있었다.

옛 전통놀이는 대가족 제도의 일원으로서 사회적 성장 과정의 기초를 배우는 기회가 된다. 전기가 들어오지 않던 시기에는 TV와 라디오, 전화가 없으니 문화생활이 부족했을 뿐이지 게임 중독도, 비만 어린이도 그 시절엔 없었다. 어릴 때 마음껏 뛰놀던 추억이 많은 만큼 부모에게도, 아이들에게도 즐거운 시절이었다. 지금 생각해 보면 가슴 설레도록 그때가 행복했었고 그립다.

동심의 스케이트장

　동장군 추위가 올수록 반기는 겨울놀이는 썰매타기가 제일이
다. 꽁꽁 얼어붙은 얼음판 위에는 어른, 청년, 아이들이 모여 일
찍부터 하루종일 북적이는 날이 많다. 손발이 얼고 귀가 시려도
오후 늦게까지 성황을 이룬다.

　벼농사가 끝나면 마을에서 멀지 않은 논에 물을 가두어 둔다.
영도 이하의 한파가 오면 물이 꽁꽁 얼어 유리처럼 맑고 미끄러
운 얼음판으로 변한다. 밤사이 얼음이 얼어 논바닥이 훤히 보이
는 맑은 얼음판으로 변한 것이 너무 신기하기도 했다. 어릴 때 처
음 본 이런 광경은 세월이 흐를수록 더 선명하게 오래도록 가슴
속에 남아 있다. 매섭게 추운 날일수록 얼음이 두껍게 언 덕분에
안전하게 마음 놓고 썰매를 탈 수 있어 시간이 가는 줄 모른다.

그때는 개인마다 썰매를 직접 만드는 재미도 있었다. 목재 널판, 못, 철사 등을 이용해 자신만의 썰매를 만드는 과정은 그 자체로 창의력을 키우는 소중한 경험이었다. 마침 우리 집은 썰매 만들기에 좋은 연장들이 갖춰져 있었다.

고인이 되신 아버지께서 목수 일에 사용하시던 톱, 망치, 대패, 장도리 등 여러 공구가 있어 유용하게 사용할 수 있었다. 나는 부모님의 손재주를 닮아서 연장 다루는 데 남보다 익숙해, 옆집 동생들의 썰매도 만들어 주기도 했다. 그럴 때면 옆집 아주머니께서 나를 더욱 좋아하며 간식도 특별히 챙겨 주셨다. 나는 그때부터 무엇이든지 만들기를 좋아했던 것 같다.

내가 만든 썰매는 모양도 좋고 타기도 편리했다. 새 썰매를 자랑하며 타는 기분은 더 즐겁고 의미가 컸다. 앞서거니 뒤서거니 경주하듯 달리던 순간들은 겨울의 가장 즐거운 추억이었다. 이마에 땀이 보송보송 맺힐 때면 온몸이 추운 줄도 모르고 불그스레 물든 얼굴들은 보름달처럼 행복한 모습이었다.

때로는 썰매끼리 부딪쳐 넘어져도 아픈 줄도 모른다. 얼음이 깨져 옷이 젖는 일도 많았는데 논두렁에 불을 피워 손발을 녹이고 젖은 옷이나 양말을 말리다가 태워 먹은 적도 많다. 부모님께 혼날까 봐 몰래 벗어 감춰놓던 어릴 때 추억이 주마등처럼 떠오른다.

얼음판 모퉁이 한편에는 부모와 아이들이 팽이치기에 열중이다. 구멍 뚫린 장갑에 삐쭉이 나온 엄지손을 호호 불며 시간 가는 줄 모른다. 어린 시절 썰매타기의 선수가 됐을 무렵이었다. 도회지에 나간 형님이 구두가 달린 중고 스케이트를 보내주셨다. 처음은 넘어지기 일쑤였지만 읍내 저수지까지 원정 스피드 스케이팅을 즐기며 뽐내던 시절도 있었다.

이러한 어린 시절의 경험은 성장 후에 스케이트를 타고 생활 스포츠를 좋아하는 계기가 됐다. 직접 만든 썰매로 시작한 얼음 위의 모험은 평생의 취미가 됐다. 군 복무 시절에는 일찍이 스피드 스케이트를 타본 경험이 있어 선수로 참가하기도 했다. 공부에 여념이 없던 두 아들과 같이 목동 스케이트장을 자주 갔던 소중한 추억도 새롭다.

디지털 기기에 매여 있는 요즘 아이들에게 스케이트는 전신운동을 통해 건강한 신체발달을 돕고, 창의력과 도전정신을 기를 수 있는 최적의 운동이다. 특히 스케이트는 하체 근력 강화와 균형 감각 향상에 탁월한 효과가 있으며, 예술성과 리듬감도 함께 키울 수 있다.

빙판 위를 가르며 느끼는 성취감, 친구들과 함께하는 즐거움, 스피드의 쾌감을 통해 얻는 자신감은 어린이들의 미래를 밝게 할 것이다.

지금도 그 시절을 떠올리면 가슴이 설렌다. 꽁꽁 언 손을 호호 불며 즐겼던 겨울놀이의 추억은, 세월이 흘러도 변함없이 따뜻한 온기로 우리의 마음을 데운다. 성인이 되고 인생 후반을 살다 보니, 지난 어린 시절 놀던 때를 생각만 해도 힐링이 되는 것 같다. 그 시절의 동심과 순수한 기쁨을 모든 어린이가 경험해 보기를 소망한다.

까치야, 안녕?

   어린 시절 학교에서 공부를 마치고 집에 돌아오면 서둘러 점심
을 먹고 집안일이나 심부름하는 것 외에는 친구들과 산과 들로
놀러 다니는 게 일이었다. 진달래, 개나리 꽃 피는 봄이 지나 이
른 여름이 되면 낮에는 꾀꼬리가 울고, 이산 저산에서 들리는 부
엉이와 소쩍새, 까치의 울음소리는 바람소리와 어울려 산골 마
을 전체가 자연속의 공연장 같았다.
   까치는 마을 입구나 동네 가까이의 몇십 년 된 미루나무나 가
죽나무 꼭대기에 집을 짓고 산다. 어느 날 뜻하지 않게 강한 비
바람이 불어 땅에 떨어진 까치 새끼 한 마리를 주웠다. 가엾은
마음에 닭장 한쪽에 둥지를 만들어주고 정성 들여 기른 적이 있
다. 처음에는 2~3주 된 것인지 몸에 털이 한참 나기 시작했지

만, 깃털이 자라지 못해 날갯짓이 힘이 없어 어미의 보살핌이 필요한 시기였다.

일주일쯤 지나자 스스로 먹이도 먹고 까치 몸매를 이루어 갔다. 다행히도 새끼를 기르는 데는 크게 어려움이 없었다. 먹이도 잡식성이어서 곤충, 지렁이, 작은 벌레, 씨앗 등 다양한 먹이를 먹고 자랐다. 털도 갈아입고 제법 날을 듯 날갯짓이 힘차 보였다. 닭장 안에서 키울 시기는 지난 듯해서 집 앞 마당으로 집을 옮겨 자유스럽게 놓아 키우기로 했다.

까치는 사람과 가까운 환경에서 자라서인지 사람에 대한 경계심도 많지 않았다. 비교적 온순한 편으로 먹이를 들고 가까이 가면 껑충껑충 따라오기도 했다.

여전히 야생 동물이지만 먹이 활동을 어미로부터 자연스럽게 배우지 못한 탓인지, 생존에 대한 학습 능력과 독립을 위한 성장이 늦다는 걸 알 수 있었다. 나는 좀 더 정성을 들여 자연으로 돌아갈 때까지 보살펴야겠다고 생각했다. 아침이 되면 잘 잤느냐는 듯 "까아악~ 까아악~" 소리를 내며 아침 인사도 했다.

제집 근처의 영역을 넓혀 제법 활동을 이어갔다. 그러나 스스로 집으로부터 멀리 날아가지는 않았다. 놀라웠던 것은 나의 등굣길에 친구가 되어 앞서거니 뒤서거니 머리 위를 날아 등교하는 나를 배웅해 주기도 했다. 집에서 수 km 떨어진 고갯길에 집이 안 보일 때 휙 집으로 돌아갔다. 더는 멀리 안 가는구나, 참 기특하다고 생각했다.

아침저녁 먹이를 준비하여 "깍~ 깍~, 까치야 밥 먹어라" 하면 날아와 먹이를 먹곤 했다. 자기 스스로 먹이 활동이 언제 하게 될까 궁금했다. 그런데 몇 주쯤 경과하면서 집 가까이 나타나는 횟수가 뜸해졌다. 스스로 먹이 활동이 가능할 만큼 성장한 것을 알게 됐다.

가끔 집 근처에서 "까아악, 까아악" 울 때마다 '헤어지기 서운한 듯 작별인사를 하는구나! 어쩌면 길러준 정성이 까치의 마음에도 와 닿았던 것일까? 어린 가슴에 무지한 까치 머리와 정만 통했을까?' 싶더니, 며칠 지나고부터 까치는 집 근처에 나타나지 않았다. 멀리서 들려오는 흐릿한 까치 울음소리만 들려도 어린 내 가슴속 깊이 그리움이 크게 파고들곤 했다.

예로부터 까치는 전통적으로 '길조吉鳥'로 여겼다. 아침에 까치가 울 때면 반가운 손님이 오거나 좋은 소식이 올 징조로 생각했다. 까치는 비교적 온순한 성격으로, 인간과 가까운 환경에서 살아가는 사회성이 있어 사람과의 거리감 없다는 특성이 있다.

오래된 민화나 옛 그림 속엔 종종 까치가 호랑이와 나란히 등장하곤 한다. 호랑이를 떠올릴 때면 위엄과 힘을 상상하면서도, 민화 속에서는 어리숙하고 우스꽝스러운 모습으로 풍자되기도 한다. 그 옆에 재잘거리는 까치는 기쁜 소식의 전령이자, 백성들의 지혜와 소통을 상징하는 존재로 비유되기도 한다.

　한 생명을 돌보며 책임감도 배웠고 자연과 교감하는 법도 알게 되었다. 오랜 세월이 지났어도 아파트 숲속에서 까치 울음소리가 들릴 때면, 그 추억은 아직도 내 안에 남아 있어서 아련한 그때 그 시절이 그리워진다.

네 이름이 새매라고?

　우리 마을은 수백 년을 지켜 온 거대한 느티나무 두 그루가 서 있다. 이 고목은 단순한 나무가 아닌 마을의 역사이자 작은 생태계였다. 뿌리 근처에는 다람쥐들이 보금자리를 만들어 살고, 높은 가지에는 올빼미와 부엉이가 둥지를 틀었으며, 가장 높은 곳에는 새매가 종종 살았다.

　어느 봄날, 나는 새매의 둥지를 발견했다. 둥지 안을 살피니 청백색 바탕에 갈색 반점이 있는 세 개의 알을 발견했다. 호기심 가득한 마음으로 일주일에 한두 번씩 사다리를 타고 올라가 새매 알을 관찰했다. 2주가 지나자 알에서 생명이 깨어났다. 빨간 살갗에 뽀얀 솜털만 나있는 새끼들은 아직 눈도 뜨지 못했지만, 본

능적으로 머리를 들어 올리며 먹이를 찾았다.

세 마리의 새끼를 관찰하면서 특히 인상적이었던 것은 서로 다른 성장 속도였다. 두 마리는 빠르게 자라며 날카로운 부리와 발톱을 드러냈지만, 한 마리는 유독 연약해 보였다. 형제간의 경쟁에서 밀린 이 작은 생명체를 보고 있자니 마음이 아팠다. 결국 그 연약한 새끼를 집으로 데려와 기르기로 했다.

삶은 개구리 다리를 주 먹이로 주며 정성껏 돌보았다. 날이 갈수록 고개를 흔들고 공격 자세도 보이는 등 제법 생기를 찾아갔다. 날갯짓도 제법 힘차게 하고, 먹이에 집착도 보였다. 시간이 지날수록 사냥 기술을 배울 기회가 없다는 것이 가장 큰 걱정이었다. 그래서 높은 나뭇가지로 둥지를 옮겨주며 자연스럽게 야생의 감각을 익히도록 했다.

처음에는 공중에 던져준 먹이를 채가는 것부터 시작했다. 처음에는 관심을 보이지 않았지만 여러 번 시도 끝에 던져준 먹이를 채 가더니 먹기 시작했다. 점차 사냥 본능이 깨어나는 것을 보며 안도했다. 한편으로는 자주 나타나지 않아 어디 갔는지 궁금하기도 불안하기도 했다. 그러던 어느 날, 우리 집 병아리가 사라졌고 얼마 지나지 않아 그 범인이 바로 내가 기르던 새매라는 것을 알게 되었다. 처음에는 서운했지만, 이것이 바로 자연의 섭리라는 것을 깨달았다.

이런 경험을 하면서 나는 많은 것을 배웠다. 생명의 경이로움, 자연의 냉혹한 질서, 그리고 인간의 개입이 야생 동물에게 미치는 영향까지 깨닫게 되었다.

모든 생명체는 저마다의 생존 방식이 있다는 것. 우리가 보기에 잔인해 보이는 행동도 자연의 입장에서는 필요한 생존 방식일 수 있다. 야생 동물을 돕고자 하는 마음은 좋지만, 때로는 자연의 섭리에 맡기는 것이 더 현명할 수 있다는 것을 배웠다.

이제 마을의 느티나무는 완전 고목으로 변했고, 내가 기르던 새매도 살지 않지만, 그때의 경험은 내 마음속에 생생히 남아 있다. 자연을 향한 경외심과 생명에 대한 존중심을 배우게 해준 소중한 추억이었다. 이런 경험이 어린 시절에 자연과 생명을 이해하는 데 큰 밑거름이 되었음이 분명하다.

고향마을 설경

秋風籬落菊花開

乙未 立秋節 白宇白蘭興

2장

성장과 배움의 길

꿈의 캠퍼스

　벚꽃이 흐드러지게 핀 봄날 아침, 안암동 언덕길을 오르는 발걸음이 유난히 가벼웠다. 새하얀 벚꽃잎이 바람결에 흩날리는 꽃길을 따라 걷는데, 마치 봄 소풍 가는 날의 기분이었다. 길가의 벚나무는 환한 얼굴로 나를 반겨 주었고, 봄바람에 꽃잎이 흔들리는 모습은 마치 내 가슴속 설렘을 대변하는 것 같았다. 그렇게 나는 인생의 새로운 장을 열어 첫 등굣길에 올랐다.

　정문 앞에 다다랐을 때, 마침내 나는 우아한 석탑 교문을 마주했다. K 대학교의 상징이자 수많은 선배가 지켜온 정문을 바라보는 순간, 얼굴을 스치는 봄바람에 가슴 깊은 곳에서 벅찬 감정이 솟구쳐 올랐다.

　'드디어 나도 학문의 전당에 속한 사람이 되었구나.'

재수생활 끝에 꿈꿔왔던 바로 그 장면이 눈앞에 펼쳐진 것이다. 정문을 지나 캠퍼스로 들어서자 활기찬 에너지가 몸을 감쌌다. 교정을 오가는 학생들의 모습은 하나같이 생기가 넘치고, 그들의 표정 속엔 자신감이 엿보였다. 환하게 웃으며 이야기를 나누는 친구들, 조용히 묵상에 젖은 채 혼자 걷고 있는 친구들, 모두가 저마다의 꿈과 목표를 가슴에 품고 이곳에 모인 것이겠지! 그 젊은이들 속에 나도 있었다. 이제 내가 사학의 명문대학 캠퍼스를 걷고 있다니, 모든 것이 꿈만 같았다.

　캠퍼스 중앙에, 넓게 펼쳐진 잔디 광장 앞에 우뚝 선 본관 건물을 보며 나도 모르게 걸음을 멈췄다. 중후한 돌로 지어진 고딕 양식의 건물은 웅장하면서도 고요한 위엄을 뿜어냈다. 마치 시간이 멈춰 있는 듯한 그 공간에서 반세기 넘는 역사의 숨결이 느껴졌다. 한순간, 영국의 옥스퍼드나 케임브리지의 고풍스러운 캠퍼스가 머릿속에 스쳤다. 그 속에서 이제 나 역시 학문의 여정을 시작하게 됐다는 생각에, 전율이 온몸을 타고 흘렀다.
　어디선가 들려오는 클래식 선율, 잔디밭에 앉아 책을 읽는 학생들, 벤치에 앉아 무언가에 몰두하는 모습들, 이 모든 풍경이 마치 한 편의 수채화처럼 눈앞에 펼쳐졌다. 교정은 단순한 건물의 집합이 아니라, 열정과 지성이 어우러진 살아있는 공간이었다. 나는 이곳에서 지식만이 아니라 삶을 배우게 될 것이란 생각이 들었다.

도서관 앞을 지나치는 교수님들의 얼굴에는 진지함과 품위가 서려 있었다. 그분들의 깊은 눈빛 속엔 수십 년간 축적한 지식과 교육자로서의 사명감이 느껴졌다. '저런 교수님들께 배우게 된다니!' 나는 스스로의 행운에 감사했고, 동시에 더 큰 책임감을 느꼈다.

이제 막 입학한 새내기의 풋풋함 속에, 나는 이곳에서 어떤 사람으로 성장할 것인가를 진지하게 그려보았다. '자유, 정의, 진리'라는 K 대학교의 건학 이념이 내 마음 깊이 새겨졌다. 고단했던 재수생활 동안 좁은 방 안에서 수없이 풀어내던 수학 공식과 과학 문제들, 도시의 불빛을 바라보며 속으로 되뇌던 다짐들, 그리고 무엇보다 시골의 부모님과 이웃들의 따뜻한 응원이 있었기에 나는 여기까지 올 수 있었다.

그 시간들은 결코 헛되지 않았다. 오히려 지금 이 순간, 내게 더 큰 의미와 감동을 안겨주고 있었다. 나는 이곳에서 단지 공부만 하는 것이 아니라, 내 인생을 설계하고 사회와 국가를 이끌어 갈 준비를 하게 될 것이다. 기술로 세상을 바꾸고 지식으로 사람을 돕는 진정한 공학도가 되는 것, 그것이 내가 이곳에서 이루고자 하는 꿈이다.

첫 수업이 열릴 강의실로 향하는 길목에서, 나는 가만히 하늘을 올려다보았다. 흩날리는 벚꽃 아래, 푸르른 하늘은 끝없이 펼쳐져 있었다. 마치 내 앞날처럼…. 처음이기에 두렵고 떨리지만, 그만큼 더 기대되는 나날들. 이 캠퍼스에서의 매 순간마다 조금씩 내공이 쌓일 것임을 나는 믿는다.

K 대학교의 자랑스러운 새내기로서 첫걸음을 내딛었다. 시골에서 도시로, 고등학생에서 대학생으로, 그리고 이제는 배움의 전당에서 진리의 길을 걸어갈 준비가 되었다. 이제부터는 내가 내 인생의 설계자다. 더 높은 곳을 향해, 더 깊은 진리를 향해, 힘차게 날아오를 시간이다.

하숙집 아주머니

혜화동 로터리 소피아 독서실 골목길 근처에 종갓집 같은 사랑채가 딸린 낡은 기와집이 있었다. 대문을 밀자 "삐그덕" 소리를 내며 문이 열렸다. 집 안에 들어가니, 하숙집 아주머니께서 "어서오세요"라며 반갑게 맞아주었다. 그곳에는 십여 명의 대학생이 하숙을 하고 있었다. 아주머니는 학생들을 잘 챙겨 주시는 어머니 같은, 인정 많은 분처럼 보였다. 그때 하숙집 아주머니를 뵙는 순간, 내 인생의 중요한 전환점이 되리라고는 미처 생각지 못했다.

첫 만남에서 아주머니의 인상이 특별함을 느꼈다. 아주머니의 얼굴에서 강인함과 따스함이 함께 느껴졌다. 대문 옆 문간방을 열어 방 내부를 보여주었다. 나는 찢겨진 벽지를 보고도, "네 좋아요. 제가 수리하겠습니다. 풀과 종이만 준비해 주세요"라고 말했다. 아주머니는 방을 직접 수리하겠다는 내 말에 의아해하시면서도, 그 속에 담긴 성실함을 알아보셨던 것 같았다. 나중에 들은 이야기지만, 그때 내 말과 태도를 보고 젊은 시절 고향의 동생을 떠올렸다고 말씀하셨다.

아주머니에게는 깊은 사연이 있었다. 고향이 이북인 데다가 억척같이 사셨으며, 성품이 여장부를 꼭 닮았다고 느꼈다. 식구는 늦둥이 중학생 아들 하나뿐이었다. 이북에 두고 온 가족들을 향한 그리움, 철없는 아들을 키우는 고단함, 낯선 땅에서 삶을 견뎌야 했던 세월의 무게…. 그 모든 것을 이겨내고서 남을 돕는 따뜻한 마음도 가지고 계셨던 것 같다.

나는 얼마 지나지 않아 중학생 아들의 학업을 돌봐 달라는 요청을 받았다. 하숙을 시작한 지 두어 달 만에 단순한 하숙생이 아닌 입주 가정교사가 된 셈이었다. 그때부터 하숙생 관계를 넘어서 신뢰가 쌓이는 관계가 됐다. 아주머니는 내게 어머니 같은 마음으로 든든한 울타리가 되어 주셨다. 나는 아주머니의 아들에게 형처럼 학업을 지도했다.

나에게 다가온 기회는 서로에게 필요한 것 이상의 의미가 있었다. 아주머니께는 내가 마치 고향을 떠나온 막냇동생 같은 존재였을 것이고, 나에게는 아주머니가 서울이라는 낯선 도시에서 만난 또 다른 큰이모 같은 분이었다. 이렇게 우연한 인연이, 어려웠던 나의 성장 과정에서 특별한 기회가 되었다.

서울생활 일 년 만에 어려운 고비를 넘겨가며, 꿈꾸어 오던 대학 캠퍼스생활이 현실로 다가오니 변화된 환경에 기쁨을 감출 수 없었다.

누구나 인생의 여정에서 만나는 귀인이 있을 수 있다. 예고도 없이 찾아와 삶의 방향을 바꿔놓는 경우가 있다. 혜화동 하숙집 아주머니는 내게 그런 고마운 분이셨다.

일 년간의 재수생활, 고독하고 힘겨웠던 시간들을 이겨내고 K 대학교의 일원이 되었다. 한 학기도 채우지 못하고 새내기 설렘도 가시기 전에, 아쉬움을 뒤로한 채 군에 입대했다. 3년의 병역의무를 마친 후에도, 아주머니께서는 내가 그룹 과외를 모집하여 학생들을 가르칠 수 있도록 모든 장소와 편의를 제공해 주셨다. 이렇게 나에게 학비와 생활비를 해결할 수 있는 경제적 여건을 마련해 주신 덕분에 4년 동안 대학을 한 학기도 중단 없이 계속 다닐 수 있었다.

하늘은 때로 예기치 않은 방식으로 우리에게 선물을 주신다. 나에게는 평생 잊을 수 없는 은인의 역할을 해주신 분이 하숙집 아주머니였다. 너무나 감사하게 큰 대가도 없이 덕을 베푸신 분이다. 나에게는 대학을 무난히 졸업할 수 있게 한 행운의 여신

이요, 하늘이 내린 축복이었다. 그분의 배려는 단순한 동정이 아닌, 어렵게 공부하는 젊은이를 돕고자 하는 진심 어린 마음에서 나온 베풂이었다.

인연이란 참으로 신비로운 것이다. 때로는 우연처럼 다가와 내 삶을 완전히 바꾸어 놓는다. 단순한 하숙생 관계를 시작으로, 서로의 삶에 깊은 의미와 가치를 더해 준 소중한 인연이었다. 지금, 아주머니께서는 천국에 계시지만 그분의 삶과 가르침은 여전히 내 안에 살아 있다. 타인을 향한 무조건적인 신뢰와 사랑 그리고 도움의 손길을 거두지 않는 선한 마음, 그것이 아주머니께서 나에게 남겨주신 가장 소중한 유산이다.

이제는 그분의 선의를 다른 이들에게 전하는 것이 내 몫이 되었다. 내가 누군가의 인생에 작은 도움이라도 될 수 있다면, 그것이 바로 아주머니의 사랑을 전하는 길일 것이다.

"하늘나라에 계신 하숙집 아주머니, 옛 학창 시절에 많은 도움을 베풀어주셔서 진심으로 감사합니다."

다음에 가면 돼

고교 시절, 평생 잊지 못할 아쉬운 추억은 이루지 못한 수학여행이었다. 목적지는 백제의 유적지 공주와 신라의 유적지 경주를 탐방하는 코스였다. 먼저 참석 인원을 확정하는 일이 쉽지 않았다. 가정 형편상 참석하지 못할 친구들이 많았기 때문이다.

추진위원 3명이 한 팀이 되어 여름방학부터 가정 방문을 했다. 부여 군내는 시내와 황산벌 들녘을 제외하고 산과 천이 많은 지형이었는데 산과 고개를 넘어 비탈길을 걸어 친구 집을 모두 방문했다. 결과는 예상외로 90% 이상 부모님의 확답을 받았다.

수학여행비는 2박 3일에 삼천 원(?)쯤 되었다. 추진위원이었던 나는 금액이 많고 적음을 떠나 처음부터 갈 여건이 안 된다고 스스로 생각했다. 수학여행은커녕 월사금을 제때 못 내 교무실에 불려가는 시절이었다. 그런 생각을 하니 수학여행 출발일이 다가와도 태연했다. 집 형편을 뻔히 알면서 적잖은 돈을 들여 수학여행을 간다고 말씀드릴 수가 없었다. 어머니께 짐을 드리고 싶지 않아서였다.

빨리 학교를 졸업하고 사회에 나가 가정을 도와야 한다는 심정이 앞섰다. 공무원 5급^{현 9급} 시험을 목표로 공부에 열중하는 것이 급선무라 생각했다. 그때는 대학 준비하는 친구들을 그다지 부러워하지도 않았다.

출발 며칠 전 담임 선생님께서 조용히 나를 부르셨다.
"백 군, 너 무슨 걱정 있나? 수학여행 꼭 참석해라"라는 말씀에 "네" 하고 얼른 교무실을 나와 버렸다. 대답은 했지만 내 마음은 이미 안 가기로 결정했다. 별 마음의 요동은 없었다. 담임 선생님께서 눈치를 채시고 꼭 참석하라고 당부하는 말씀이셨다.

학교 근처에서 자취하던 때라 토요일 오후 반찬 그릇을 챙겨 집에 왔다. 어머니는 일주일 동안 떨어져 있던 아들을 보시고 반가워하셨다. 차마 여행 얘기는 꺼내지도 못하고 마음만 태우며 고민이 많아졌다. 사실 나는 수학여행에 가고 싶었다. 가정 형편상 가지 못하게 되니 심한 갈등을 겪었다.

여행 출발 하루 전 아침부터 깊은 시름에 빠져 들었다. 내일 여행을 어떻게 할까? 그동안 억제했던 마음의 고민이 깊은 수렁 속에서 헤어나지 못하고 있었다. 어머니와 형님께서 내 고민을 알아차릴까 걱정도 되어 속마음이 타들어 갔다. 견딜 수 없을 만큼 힘든 시간이 흘렀다.

수학여행에 참가하려면 하루 전날 마지막 읍내 버스를 타야만 했다. 마음을 달래고자 뒷산 중턱에 올랐다. 멀리 신작로가 내려다보였다. 읍내로 가는 마지막 버스가 먼지를 일으키며 사라졌다. 이제 여행을 가느냐 안 가느냐 선택할 시간은 지나갔다.

가슴이 답답하고 마음이 울적했다. 가난이 죄는 아닐 텐데 나를 이토록 어렵게 하나, 하늘도 무심하다고 생각했다. 나는 왜 심적 압박과 고민에 괴로워해야 하는지 주체할 수 없는 서러움이 한꺼번에 터져 엉엉 소리 내 울며 주저앉아 버렸다.

한동안 정신이 없었다. 몸을 추스를 수가 없었다. 적막이 흐르는 순간이 한동안 지속되었다. 귓전에 들릴 듯 말 듯 마음에 음성이 들렸다. "너는 괜찮다. 고민하지 말라. 앞으로 겪을 걱정을 미리 겪는 것이다" 하는 음성이 믿음의 확신으로 다가왔다. 그 순간 마음의 괴로움과 걱정도 서서히 사라졌다.

'어떻게 할까 걱정하지 말자. 가지 못한 수학여행은 나중에 가면 되지? 지금의 경제적 어려움이 내 인생의 전부는 아닐 거야.' 현실을 긍정적으로 받아들이고, 더 나은 미래를 위하여 '다시 일어나자'는 굳은 결심이 섰다.

"최선을 다하면 꿈은 이루어진다", "하늘은 스스로 돕는 사람을 돕는다"라는 명언도 생각났다. '시련으로부터 일어나, 미래에 도전하라.' 강한 잠재의식도 생겼다. 서울에 올라가 고학을 해서라도 세상의 넓은 길을 가겠다는 신념도 생겼다.

그 후 많은 변화가 왔다. 고등학교를 졸업 후, 지인의 도움으로 상경하여 일자리를 구했다. 학원 생활비를 스스로 해결하며 입시 학원에 등록하여 1년 동안 대학시험 준비에 열중했다. 1969년도에 처음 실시한 대학 예비고사를 거쳐 K 대학교 공과대학 금속과에 입학했다. 고진감래 끝에 큰 관문 하나를 넘은 셈이다.

입학의 설렘도 가시기 전에 첫 학기를 마치지 못하고 군에 입대했다. 군생활을 마치니, 4년의 세월이 지났다. 복학을 1년 미루어야 했다. 사설 학원에서 중학 과정을 맡아 과외 지도 교사로 일하면서 대학 1학년 2학기부터 시작했다. 복학생으로 5~6년 후배들과 어울릴 여유도 없었다. 당구 한 번 즐기지 못했다. 남들이 말하는 낭만의 대학생활 동안 나는 그저 학점 따기에 급급했다.

시골 촌놈이 서울에 와서 먹고, 자고, 학비 벌어 대학에 다닐 수 있었음은 하늘이 주신 축복이자 큰 선물이었다. 바쁘게 지냈지만 중단 없이 학업을 계속할 수 있었다. 가난을 원망하거나 비관하지도 않았다. 대학생활에 충실했을 뿐이다.

졸업 학기까지 교양 과목 학점을 못 따 염려했지만, 계절학기로 학점도 채웠다. 파란만장한 역경을 겪으면서 30세 넘어 대학을 졸업했다. 너무 기쁘고 감회가 깊었다.

현대 그룹에 입사하여 제2의 인생의 삶을 시작했다. 신입사원이 되어 현대 자동차 포니 보수용 부품개발을 담당했다. 교장 선생님이신 친구 부친 소개로 아내를 만나 결혼도 했다. 전세를 전전하며 살았지만 행복했다. 그러던 차에 내 집을 마련하여 분당 아파트로 이사했다. 복덩이 두 아들이 어릴 때 들로, 산으로 곤충채집하러 쏘다니던 때도 좋았다.

'다음에 가면 되지' 하며 상상에 그렸던 바로 그 수학여행지, 공주와 경주도 아내와 함께 다녀왔다. 어려웠던 학창 시절부터 산업 전선의 직장생활을 거치며 고비마다 포기하지 않고 일어설 수 있었던 것은 하늘이 주신 '말씀의 선물'이 큰 힘이 되었다.

오늘을 있게 하신 하나님의 은혜에 감사를 드린다.

하늘의 두 가지 선물

　종종 인생의 여정에서 예기치 못한 폭풍우를 만날 때가 있다. 삶에서 오는 폭풍우는 마치 잔잔한 호수에 갑자기 몰아치는 거센 비바람처럼, 평화로운 일상을 순식간에 흔들기도 한다. 자연의 섭리를 따라 모든 폭풍우는 결국 지나가고 그 자리에는 더욱 맑은 하늘이 펼쳐진다. 이처럼 우리의 삶에서도 언제나 고난의 징조가 찾아오지만, 그 뒤엔 새로운 회복의 시간이 찾아오곤 한다.

　사업의 실패, 건강의 상실, 관계의 절연, 꿈의 좌절 등 이런 시련들은 우리의 영혼을 무겁게 짓누르기도 하고, 삶의 의미마저 잃게 한다. 그러나 이 고난의 터널을 지나며 우리의 삶은 더욱 건강하게 단련된다.

자연의 섭리는 더욱 분명하다. 나비가 되기 위해서 애벌레는 고치 속에서 긴 시간 고독과 변화의 과정을 견뎌내야 한다. 귀한 다이아몬드는 엄청난 압력과 열을 견딘 탄소의 결정체이다. 봄의 화사한 꽃을 피우기 위해 나무는 옷을 다 떨군 채 혹독한 겨울을 이겨내야 한다. 이처럼 자연은 우리에게 끊임없이 고난과 성장의 상관관계를 보여주고 있다.

우리의 삶도 마찬가지다. 현재의 고난은 결코 영원하지 않으며, 그것은 더 높이 날기 위한 준비 과정일 수 있다. 마치 독수리가 폭풍우를 만나면 그 기류를 타고 더 높이 날아오르듯, 우리는 시련의 바람을 새로운 도약의 기회로 삼을 수 있다. 하늘이 고난을 주실 때면 언제나 이겨낼 수 있는 힘과 날개를 함께 주신다.

인생은 마치 책과 같아서, 한 장 한 장 넘기며 그 이야기가 완성된다. 지금 당신이 겪고 있는 어려움은 단지 한 장章일 뿐, 절대 마지막 페이지가 아니다. 모든 위대한 이야기에는 시련과 극복의 과정이 있듯이 개인의 삶도, 나라의 운명도 고난을 통해 더욱 의미 있는 이야기로 써 내려갈 것이다.

우리나라 역사 속에서도 이러한 진리를 발견할 수 있다. 안중근 의사는 죽음을 앞둔 극한의 상황에서도 평화론을 집필하며 더 큰 비전을 제시했다. 그의 육체는 감옥에 갇혀 있었지만, 정신만큼은 그 어느 때보다 자유로웠고 원대했다. 작곡가 윤이상 선생도 동백림 사건으로 극심한 고초를 겪었지만, 오히려 그 시기에 자신만의 독특한 음악 세계를 깊이 있게 구축했다. 그의 예술은 시련을 거친 후에 더욱 원숙해지고 세계적인 찬사를 받게 되었다.

IMF 외환위기 당시, 경기침체와 환율 불안, 실업 증가 등 나라 경제가 무너졌고 개인 경제도 파탄이 나면서 큰 고통을 겪었다. 코로나19 대유행도 전 세계 인류에 큰 시련을 안겨주었다.

그러나 어려운 시기를 겪으면서 많은 기업은 기술 연구개발, IT 기술 발전, 공장 혁신 등으로 더욱 강한 기업으로 변신할 기회와 힘도 생겼다. 국가는 위기를 기회로 삼아 선진국 대열에 우뚝 서는 발전을 이루는 계기가 됐다. 하늘은 우리에게 감당할 수 있는 만큼의 시련을 주었다. 그리고 그 시련을 이겨낼 수 있는 용기와 지혜도 함께 선물로 주었다.

지금 어렵고 힘겨운 시기를 지내고 계신 분들께 특별히 권고드리고 싶다. 우리의 현재 상황이 결코 종착점이 아님을 함께 기억하자. 시련은 우리를 더 강하게 만들기 위한 과정일 뿐이다. 때로는 한 걸음도 앞으로 나아갈 수 없을 것 같은 순간이 찾아올 수 있다. 하지만 이때야말로 우리의 내면에 숨겨진 더 큰 힘을 발휘할 수 있는 기회가 될 것이다.

삶의 고난 속에서도 희망의 씨앗을 발견하고, 그것을 키워나가는 지혜가 필요하다. 하나님은 우리가 감당할 수 있는 범위 내에서만 시련을 주시며, 그 어려움을 능히 이겨낼 수 있는 방법도 함께 주신다. 오늘의 시련이 내일의 날개가 될 것이라는 믿음을 가져야 한다.

우리의 인내와 노력은 반드시 아름다운 결실로 보답할 것이다. 프리드리히 니체의 "나를 죽이지 못한 고통은 나를 더욱 강하게 만든다"라는 명언처럼, 하늘이 주신 고난을 통해 더 강해지고 하늘이 달아주신 날개로 더 높이 비상하기를 진심으로 기원한다.

개구리 해부

　큰손자의 여름방학 과제물로 시작된 일은 개구리 해부였다. 초등학교 3학년이던 손자 우현이와 '개구리 해부 실험'을 하기로 했다. 개구리 해부라니? 쉽게 할 수 있는 것은 아니지만, 손자의 눈에는 호기심으로 가득 찼다. 어쩌면 이 과제를 함께 하면서 소중한 추억을 만들 수 있지 않을까 하는 생각이 들었다.

　여름날 아침 근교 들녘에서, 개구리를 잡는 일부터 시작했다. 우현이는 신이 나서 보물찾기라도 하듯 여기저기를 뛰어다녔고, 나는 그런 손자를 뒤따르며 응원했다. 작은 생물 하나에도 관심의 눈빛을 보내는 것을 보니 왠지 모르게 기특한 마음이 들었다. 개구리는 쉽게 잡히지 않았다. 이럴 줄 알고 잠자리채를 만들어 왔으니 다행이었다.

논두렁을 이곳저곳 헤치며, 처음 잡아보는 개구리에 어쩔 줄 모르는 표정이었다. 그 모습이 어린 시절 나의 모습과 꼭 닮아 속으로 웃음 짓기도 했다. 좀 아쉽지만, 해부 실험을 할 수 있는 크기의 개구리를 포획하지 못했다.

며칠 후, 근교에 사는 친구 농장에 큰 개구리가 출현한다는 정보를 입수했다. 개구리는 꿀벌을 좋아하기 때문에 아침저녁 시간에 벌통 부근으로 자주 나타난다는 사실도 알게 됐다. 손자와 함께 친구 농장을 방문했다. 개구리를 포획하기 위하여 숨을 죽이고 한 시간 이상 기다린 끝에 개구리 한 가족이 나타났다. 손자에게 잠자리채를 주며 포획하게 했으나 실패했다.

한번 놀란 개구리 가족은 다시 나타나지 않았다. 한참 동안 기다린 끝에 다시 나타난 큼직한 개구리 서너 마리를 포획하여 집에 돌아왔다. 돌아오는 길은 한결 기쁜 마음으로, 얼굴에 피어난 미소와 눈망울은 더욱 초롱초롱했다.

문방구에 들러 해부용 메스도 준비하고 큰 유리병, 알코올 등 모든 준비를 마쳤다. 해부에 들어가기 전, 개구리의 소화기관과 장기에 대하여 사전 공부를 마쳤다. 개구리의 배를 위로 향하게 하여 팔다리를 투명판에 핀으로 고정해 배를 절개하고, 여러 장기 하나하나를 조심스럽게 관찰했다. 놀랍게도 잠시 동안 심장이 꿈틀꿈틀거리며 맥박이 뛰고 있었다. 우현이는 "살아있네, 개구리 불쌍해"라며 놀란 표정을 짓기도 했다.

가슴부의 심장, 폐, 위, 장, 간, 쓸개 등을 직접 확인하니 신기하기도 했다. 사실 나도 해부를 해본 적이 처음이어서, 실물을 보고 손자와 함께 자세히 배우는 계기가 됐다. 해부가 진행될수록, 이것저것 질문이 많았다. "할아버지, 이건 뭔가요? 왜 이 부분은 이렇게 생겼어요?" 질문이 있을 때마다 함께 답을 찾으며 해부 과정도 차근차근 진행해 갔다.

개구리 해부 과정을 실제로 체험하며 탐구할 수 있었으니, 손자에게는 생물, 과학 공부도 되지만 기억에 남을 만한 추억거리가 됐겠지! 모든 소화기관과 장기의 이름 표시를 직접 만들어 빈병에 붙여 넣고 준비한 알코올 액을 넣어 완전 봉하니, 그럴듯한 생물과학 표본이 완성됐다.

너무 신기한 듯 좋아했고, 자신이 큰 과제를 이루었다는 성취감도 얻은 것 같았다. 오랜 시간 동안 정성 들여 표본을 만드는 과정을 본 아내도 기뻐하는 눈빛을 감추지 못했다. 손자는 개학날 방학 숙제로 학교에 제출했다.

생각지 못했던 과제물을 구경한 손자 친구들에게는 큰 관심거리가 됐다. 어떻게 만든 것이냐, 직접 만든 것이냐, 아니면 산 것이냐 하는 질문을 받았던 것 같다. 손자 성격이 조금은 말수가 적은 편이었지만, 친구들의 관심과 질문에 말문이 터져 각 소화기관의 기능까지도 설명을 잘했던 모양이다. 친구들은 물론이고 선생님으로부터 과제물에 대한 관심을 온몸으로 받게 되니 용기와 자신감을 얻은 눈치였다.

그 후 해부도는 학교 과학실에 보관되었다. 과제물 사건 이후 친구들과의 친밀도는 높아지고, 얻게 된 자신감 또한 학교생활에 도움이 되었으리라 짐작도 해본다. 평소 말수가 적던 손자가 자신 있게 이야기하는 모습을 상상하니, 나도 모르게 마음이 따뜻해졌다. 그날 이후로 학교에서 더욱 적극적인 태도를 보였고, 그 실험을 계기로 과학에 더 많은 흥미를 갖게 되었다.

그때의 실험은 단순한 과제가 아니었다. 무엇이든 할 수 있다는 믿음을 심어주었고, 가족 간 신뢰가 돈독히 형성된 기회였다. 그 여름날의 개구리 해부 실험은 소중한 추억이 되었다.

손자들에게는 그때의 경험이 너무 행복하단다. 나 역시 할아버지로서 큰 보람을 느낀다. 나는 그저 손자의 호기심을 채워주고, 과제를 도와주는 정도로 생각했다. 하지만 손자에게는 성장 과정에 중요한 의미가 있는 경험이 되었을 것으로 생각한다.

이제는 두 손자는 대학생이 되어 들판에 개구리 잡으러 갈 일은 없지만, 그날의 기억은 여전히 잊지 못할 할아버지와의 추억거리로 남아 있다. 어린 손자들과 함께하는 시간은 행복하기도 하지만, 그들의 호기심을 존중하고 격려하는 자세야말로 우리가 다음 세대에 줄 수 있는 가장 값진 선물이 아닐까?

사자死者와의 약속

 형님은 농촌 마을에서 태어나 서당 문턱에서 글을 깨우치시고, 순박하고 착한 촌티를 못 벗은 채로 청년 시절부터 광산 일로 생업을 이어갔다. 어릴 적 기억의 형님은 손재주가 좋고 인정이 많았으며 신명 있는 가슴을 가진 분이었다. 집 사정은 양식을 마련할 농사터도 부족했다. 산자락을 일궈 만든 다랑논 몇 마지기가 전부였다. 그러니 살림이 궁할 수밖에 없었다.

 어머니께서는 형의 건강을 늘 걱정하시며 4형제 중 딸 하나 둔 셈 치고 삼형제가 많이 도와줘야 한다는 말씀을 여러 번 하신 적이 있다. 40세 중반쯤 되신 형님께서 시름시름 앓다 몸져누우셨다. 제대로 병원치료도 못 받고 젊은 나이에 운명하시게 됐다. 옹기종기 모여 사는 고향 농촌 마을은 장례도 마을공동체에서 자신의 일처럼 서로 돕는 풍습이 있어 도움을 받았다.

매장 전 가족의 마지막 이별 의식을 가질 때였다. 함께한 모든 분도 이생의 마지막 이별을 슬퍼하는 모습으로 눈시울을 적셨다. 나는 마지막 작별을 고하면서 참았던 눈물을 주체할 수 없었다. "형님? 너무 일찍 돌아가셨습니다. 살아생전, 기쁨보다 고통이 많으셨으니, 육신의 고통이 없는 하늘나라에서 편안히 쉬십시오. 남은 가족은 제가 책임지겠습니다…" 하며 말을 흘려버렸다.

마지막 가시는 형님께 한 말을 멀찍이 바라보던 집안 어른께서 들으셨다. "조카야, 죽은 사람한테는 약속하는 게 아니다. 어떻게 하려고 그렇게 쉽게 말하느냐?"라며 말씀하셨다. 그때만 해도 나는 그 말의 무게를 제대로 실감하지 못했다.

그냥 지나가는 말씀으로 들었지만, 한두 달의 시간이 지날수록 그 말씀이 보통 부담이 아니었다. 돌아가신 형님은 물론이고 형수님과 네 명의 어린 조카들 앞에서 엉겁결에 약속했으니, 쉽게 잊을 수가 없었다. 그 약속은 시간이 지나갈수록 점점 마음의 부담과 걱정이 커졌다.

그러나 '이 짐도 내 운명이다'라고 생각했다. 잘못된 약속이 아니라 어린 조카들을 향한 측은지심이, 형제 가족의 도리에서 나 자신만의 다짐이라 생각했다. 시간이 지나면 다 해결된다고 스스로 믿고 있었다. '조카들아, 우리 모두 최선을 다하자. 부지런하고 정직하게만 살아가자.' 나는 마음속으로 단단히 되새겼다.

현대에 입사한 지 4~5년 차, 사회 초년생을 벗고 30대 중반의 중견 사원이 됐다. 직장생활에 최선을 다하며 일에 대한 자신감과 미래에 대한 희망도 생겨, 일하는 것이 힘들지 않고 재미와 보람이 생길 때였다.

먼저 첫 조카딸이 실업학교를 졸업하자 서울에 올라와, 나와 같이 살며 부품 창고 검수과 사원으로 직장을 다니게 됐다. 축하할 일이지만, 겨우 어린 티를 벗은 조카가 집안의 가장 노릇을 해야 하는 상황이 되니, 내심 걱정될 때가 많았다. 몇 년 사이 두 조카도 실업학교을 졸업한 후 자동차부품 회사에 취직하게 됐다. 이미 상경하여 중소기업 식당에서 일하시는 형수님은 남달리 검소하시며 부지런하셨다.

서울 근교에 전세로, 온 가족이 함께 살아갈 터전인 단칸방을 마련하게 됐다. 새벽 별빛에 출근하고 저녁 달빛에 보금자리 찾는 고달픈 도시생활의 틀 속에서 10여 년이 지나자, 경제적으로 안정된 가정을 이루게 되었다. 모든 게 하늘의 도우심과 가족 모두가 노력한 결과였다. 너무나 고맙게 생각했다. 돌아가신 형님께도 덜 미안하고 깊은 생각 없이 한 약속의 절반을 이룬 듯해서 적잖이 안심이 됐다.

예전에 들었던 집안 어른의 말씀, "죽은 사람에게 약속을 쉽게 하지 말라"라는 말도 생생하게 생각났다. 어쩌면 나도 그 때문에 더욱 책임감을 갖고 산 것도 사실이다. 형수님은 돌아가셨지만, 4남매 조카들은 모두 가정을 이루어 열심히 살고 있다. 이제는 나의 마음이 한결 짐을 벗은 듯했다. 조카들에게 열심히 살았구나 말하고 싶다. 어린 조카들 앞에서 한 약속을 얼마나 큰 책임감으로 느꼈는지 깨닫게도 되었다.

이런 삶의 과정을 겪으면서 많은 고비도 있었지만, 상경 초기에 도저히 잊을 수 없는, 조카와의 긴박했던 사건이 있었다. 너무나 아찔했던 순간이었다.

어느 날 퇴근이 늦어 사무실에서 근무 중인데 어린 조카가 떨리는 목소리로 회사 사무실에 전화를 했다. 그렇잖아도 서울에 온 지 일 년도 안 된 어린 조카의 서울생활이 항상 걱정되는 참인데 설핏 불길한 예감이 들었다.

"어디냐, 왜 그러냐?"라고 묻자, 기자는 "작은 아버지, 저 여기가 어딘지 길을 모르겠어요! 개봉동으로 가는 버스를 타려고 영등포역 앞에 내렸는데, 잘못 내렸나 봐요"라고 말했다. 그 순간 가슴이 철렁했다. "기자야, 영등포역 어느 쪽이냐? 옆에 무슨 건물이 있냐? 그럼 전화 부스 옆에 꼭 있어라. 삼촌이 바로 갈 테니 조금만 기다려라." 확실한 약속도 못 하고, 말이 끝나기 전에 "착크닥" 하며 공중전화가 끝나 버렸다. 순간적으로 너무나 놀라서 앞이 깜깜했다.

더 놀란 것은, 기다려도 전화는 다시 오지 않고 한 번으로 끝난 것이다. 도저히 이대로 전화 오기를 기다릴 수가 없었다. 옆 동료에게 "전화가 오면 꼭 전화 부스에서 기다리라 전해줘요. 삼촌이 지금 나갔으니, 걱정 말고 밖에 나와 헤매지 말고…"라는 말만 전하고 뛰어나갔다.

'겨우 출퇴근길만 알 텐데, 이거 못 만나면 어떡하지? 큰일 났구나'라는 불길한 생각이 먼저 들었다. 더군다나 영동포역 골목길은 성매매촌이 가까운 곳인데, 이런 청소년 위험지역에서 길을 잃어 헤매고 있을 어린 조카를 생각하니 가슴이 떨리고 눈앞이 캄캄했다. 원효로에서 영등포역까지 가는데 "1년이 10년 같다"라는 옛말 그대로 너무 멀게 느껴졌다.

"하나님, 하나님 도와주세요" 하고 중얼거리며 온몸에 땀이 밴 채로 영등포역 주변의 공중전화 부스를 찾아 헤맸다. 천만다행히 역전에서 좀 떨어진 전화 부스에서 나를 보고 "삼촌~, 삼촌~" 하는 울음 반 섞인 조카 목소리가 들렸다. 이 소리는 지금도 귀에 생생하다. 그때 조카의 얼굴은 눈물에 젖어 있었고, 겁에 질린 모습이 가시지 않은 채였다.

그 시절 역전 갓길에는 버스와 택시, 행인들로 북적였던지라 어지간한 눈썰미가 없으면 제대로 버스를 갈아타기 어려웠다. "기자야. 전화를 다시 걸지, 왜 안 걸었냐?"라고 했더니, 그때 주머니에 전화 한 번 걸 수 있는 돈인 20원뿐이었단다.

40여 년이 지난 지금, 생각만 해도 너무 끔찍한 일이었다. 여느 때는 약속을 쉽게 여겨, 지키지 못해 서로 큰 어려움을 겪기도 하지만, 후자처럼 약속 장소와 시간 등 긴박한 상황에서 불확실한 약속으로 영영 못 만날 수도 있어 돌이킬 수 없는 불행을 만들 수도 있다.

약속은 인간관계에서 없어서는 안 될 서로의 윤활제 역할을 한다. 또한, 약속을 지키기 위한 과정 중에 일어나는 난관은 어쩔 수 없게도 삶을 지탱해 가는 연장선이고, 급박한 세상의 파도를 이겨내면서 살아가게 하는 힘의 원천도 된다.

상무대 기갑학교

　논산 신병교육대에서 군사 기초 훈련을 마치고 동료 25명과 호남선 완행열차에 몸을 실었다. 유행가 노래 제목처럼 '대전발 0시 50분' 야간열차였다. 훈련소에서 교육을 마치고 새 군복에 반짝반짝 광을 낸 군화를 처음 신어 봤다. 따홀백을 멘 군복 차림에 이등병 계급장이지만 민간인들은 측은하게 보았을망정 우리 스스로는 자랑스러운 마음도 들었다.

　대전역을 출발한 밤차는 어둠 속으로 "덜커덕덜커덕" 소리를 내며 미끄러지듯 역을 빠져나갔다. 전쟁 영화의 한 장면처럼 군 장병들만 태운 수송 열차였다. 칠흑 같은 창밖을 바라보며 설렘보단 '앞으로 펼쳐질 군생활을 잘 적응할 수 있을까?' 하는 긴장감이 더했다.

출발하기 전 인솔자로부터 광주 상무대에 있는 육군기갑학교육군기계화학교로 전출 명령을 받았다는 걸 듣자, 여기저기서 "야! 큰일 났다", "탱크부대는 군기가 제일 세다는데", "이제 죽었구나" 하며 웅성거렸다. 나는 미리 걱정할 필요가 없다고 스스로를 달래며 '무슨 일이든 참고 견뎌 내면 살아날 방법도 있고, 설사 거꾸로 매달아도 세월은 간다'라고 마음을 추슬렀다.

광주송정역에 내려 육군기갑학교 운동장으로 들어설 때부터 싸늘한 분위기가 느껴져 얼마나 긴장되는지…, 걱정이 되었다. 군기를 잡으려고 기합을 주는데 처음부터 말로 표현할 수 없는 엄숙한 분위기에 정신을 바짝 차렸다. 교육생들이 상급자에게 거수경례를 붙이는데, 여기저기서 "~기", "군기" 하는 소리들이 내 귀에는 "기" 소리만 크게 들렸다.

2명 이상 움직일 때는 선임 구령에 의해 "하나~, 둘~, 셋~, 넷" 번호를 붙이면서 이동하는데 정확한 각도의 제식 훈련으로 한 몸으로 움직이는 듯 보였다. 아무리 낡은 작업복을 입었더라도 모자의 계급장과 혁대 마크는 반짝거렸고, 교육생들의 두 눈빛도 번뜩였다.

나는 입교 시작 전, 같은 기수의 학생장으로 선발되어 구대장 밑에서 향도 임무를 수행하게 됐다. 전 교육생의 반장처럼 리더 역할을 해야 했다. 아침 기상부터 취침까지 모든 피교육생의 집합, 점호, 식사, 교육, 휴식, 제식 훈련 등 모든 일과와 내무생활에서 선두 역할을 해야 했다.

학생장은 교육 차원의 모든 정신교육, 훈련 등 교육생들의 본보기를 보여야 했다. 실제 교육 과정은 탱크부대의 중요 장비인 탱크와 수륙 양용차의 운전교육과 탑승자의 전술, 정비 기술 등 실전에 대비한 교육 과정이었다. 그중 나의 전문 교육 과정은 탱크M47 Tank 정비 기술이었는데, 이론과 실무를 배우는 과정이었다.

첫 훈련 시간에 하는 정신교육은 견디기 힘든, 긴장된 순간의 연속이었다. 누군가는 잊지 못할 기억이었을 것이고, 또 누군가는 그 강렬한 에너지가 오히려 도전 정신을 불러일으켰을 것이다. 내게는 두 가지 감정이 동시에 밀려왔다. 한편으로는 앞으로 다가올 혹독한 훈련에 대한 두려움, 다른 한편으로는 그 속에서 나 자신을 단련할 수 있다는 알 수 없는 희망도 생겼다.

특히 기억에 남는 교육은 탱크 운전 실습 과정으로, 오르막길과 도랑, 냇물 등을 굉음과 함께 통과하는 탱크 기동 훈련교육은 평생 잊지 못할 경험이었다. 탱크의 무게감과 진동이 온몸에 묵직한 쿠션으로 움찔움찔 전율을 느끼게 했다. 동승한 동료들의 얼굴 표정에서 우리 모두가 최전선의 국방을 책임지게 됐다는 사명감을 드러내고 있었다.

지옥처럼 느꼈던 유격 훈련은 지금도 너무나 생생하다. 뜨거운 태양 아래, 땀과 먼지가 뒤섞인 산악 훈련에서 우리는 한 치의 여유도 없이 몸과 정신을 다해 버텨야 했다. 유격 훈련 중, 동료가 굴러떨어져 땅에 버려진 채 아픔을 참는 모습도 보아야 했다. 혹독한 훈련을 견디는 힘은 동료애와 자기 확신이었다. 시간이 흐를수록 서로를 격려하면서 나누는 웃음이 훈련 초기의 두려움과 불안을 견뎌내는 힘이 되었다.

　군기와 기합이 너무 세게 느껴졌던 훈련 첫날부터, 혹독하게 이어진 제식 훈련과 포사격 훈련, 육체와 정신의 한계를 시험한 유격 훈련까지…. 이 모든 경험의 시작은 힘들었지만 무사히 끝냈을 때의 성취감은 어떤 일이 닥쳐도 결국 해낼 수 있다는 소중한 가르침이 되었다.

　밤 기차를 타고 어둠을 가르며 시작된 우리의 훈련 여정은, 매 순간 도전과 극복을 통해 오늘의 나를 만들어준 자신감이었고 성취감이었다. 그 시절의 혹독한 훈련을 통과해야 하는 난관에 처했을 때도 자신과의 싸움을 통해 진정한 군인으로 거듭날 수 있었다.

　그때 익힌 탱크 정비 기술은 현대자동차와 평생직장 인연으로 연결되는 데 결정적인 뒷받침이 됐다. 육군기갑학교에서의 훈련은 단지 군생활의 한 부분이 아니라, 인생의 한 장면처럼 내 기억 속에 깊이 자리 잡고 있다. 그때의 엄격한 규율과 혹독한 훈련, 기술교육은 사회생활에서 필요한 강인한 정신을 심어준 소중한 시간들이었다. 우리 모두가 각자의 자리에서 최선을 다하며 살아가는 모습 속에, 그 시절의 군인정신이 여전히 깃들어 있다고 믿는다.

그때 배운 용기와 책임감 그리고 동료애는 내 인생의 큰 자산이 되었다. 무심코 지나가는 일상 속에서도, 그 밤차의 어둠과 탱크의 진동, 그리고 훈련터에서 흘린 땀방울이 떠오른다. 그것은 단지 과거의 기억이 아니라, 지금도 나를 지탱해 주는 소중한 교훈으로 남아 있다. 앞으로도 그 훈련이 내 인생 여정에 남긴 진정한 의미가 무엇인지를 잊지 않고 간직할 것이다.

율동공원의 설경

홍제동 벚꽃

3장

자연과의 교감

강릉 홍제동 벚꽃

  강릉에는 아름다운 벚꽃 장소로 이름난 3대 벚꽃 명소가 있다. 각기 다른 지형에 어울리는 특색이 있는데 한 곳은 경포대 벚꽃길이다. 호수를 따라 이어지는 벚꽃길은 그 풍경이 벚꽃과 어우러져 경치가 좋다. 밤에는 호수에 반영된 벚꽃을 감상할 수 있어, 밤에는 더 환상적인 분위기를 자랑한다.

  다음은 오죽헌 벚꽃길이다. 신사임당과 율곡 이이가 태어난 역사적인 장소로, 전통 한옥과 벚꽃이 함께 흐드러져 고풍스러운 아름다움을 자아낸다. 오랜 세월 동안 자리를 지켜온 이 나무들은 봄이 되면 분홍빛 꽃구름을 만들어 낸다.

  마지막으로 홍제동의 남대천변, 정수장 벚꽃길인데 가장 아름답다. 최근 입소문을 타고 알려진 명소로 유명하다. 정수장 벚꽃은 보통 4월 초에서 중순 사이 절정을 이룬다. 동해안의 특성상 내륙보다 조금 늦게 피는 만큼 더 오래 꽃을 감상할 수 있다. 차가운 해풍이 꽃잎의 낙화를 더디게 만들어 주기 때문이다. 정수장 주변을 둘러싼 벚꽃나무들은 대부분 수령이 50년 이상 됐다.

특별함은 주변 경치와의 조화에 있다. 한쪽으로는 맑은 정수장의 물이 잔잔히 흐르고, 멀리 보이는 바다의 푸른빛이 더해져 마치 한 폭의 동양화를 보는 듯하다. 특히 봄바람이 불 때면 꽃잎들이 하늘하늘 춤추듯 떨어져 물 위에 분홍빛 물결을 만든다. 고적한 풍경 속에, 특히 해질녘 황금빛 강변과 벚꽃은 환상적인 풍경을 연출한다.

야간 조명 아래 반짝이는 꽃잎들은 마치 별들이 땅으로 뿌려지는 듯한 착각을 일으킨다. 달빛 아래 벚꽃을 감상하는 월하관화月下觀花의 정취는 이곳에서만 느낄 수 있는 특별한 경험이다. 벚꽃 터널을 걸으며 불어오는 봄바람과 함께 꽃향기를 맡을 수 있다. 벚꽃은 단순한 꽃구경을 넘어 자연과 인공의 조화로운 만남을 보여준다.

우연히 알게 됐지만, 옛 강릉 무선국이 있던 홍제동 벚꽃마을에 숨겨진 보석 같은 벚꽃 명소가 하나 더 있다. 주변이 벚꽃 생태계에 알맞은 벚꽃 천국으로 변모해 가고 있다. 80m쯤 되는 언덕 위에 자리 잡은 100여 년(?) 넘은 괴목 벚꽃나무들이 하늘을 가려 마치 분홍빛 물결 같다.

　마을로부터 오르막길에 있는 벗꽃나무들은 하늘과 맞닿은 듯 아치 터널을 이루고 있어, 산책하는 연인들의 발걸음을 설레게 한다. 한쪽으로는 강릉 시내가 한눈에 내려다보이고, 멀리 동해의 푸른 물결까지 조망할 수 있다.

　해 질 무렵이면 더욱 매력적인 풍경이 펼쳐진다. 석양에 물든 벗꽃과 강릉 시내의 불빛이 어우러져 낭만적인 야경을 만들어낸다. 꽃잎들은 마치 분홍빛 눈이 내리는 듯, 황홀한 광경을 연출하기도 한다.

　알음알음 모여든 사진작가와 화가들이 이곳을 못 잊는 이유를 알 것 같다. 벗꽃마을은 강릉만이 가진 특별한 매력을 고스란히 담고 있다. 단순한 벗꽃 명소를 넘어 강릉의 역사와 문화, 복합적인 요인들이 강릉을 특별한 벗꽃 명소로 만들었다.

　홍제동 벗꽃은 나의 깊은 감동을 담아 한 폭의 벗꽃마을 작품을 남길 수 있는 특별한 선물을 주었다. 내년 꽃피는 봄이 오면, 홍제동 벗꽃 언덕에 올라 하늘과 맞닿은 벗꽃 물결을 다시 그려보고 싶다.

청량산의 숨결

　청량산, 이름만 들어도 맑고 아름다운 산 느낌이 들어 스케치 겸 등산을 다녀왔다. 특유의 웅장한 바위와 괴목들이 계곡의 속살을 드러낸 경관 자체가 수묵화를 연상하기에 부족하지 않았다. 청량산은 태백산맥의 줄기 봉화군 명호면과 안동시 도산면에 걸쳐 있고, 고려 시대 원효대사가 창건했다는 청량사를 품고 있는 명산이다. 조선 시대에는 퇴계 이황 선생이 시를 쓰며 유람했다는 기록도 있다.

　고요함과 더불어 청량산은 생명력이 넘치는 활기찬 생기와 기백, 수줍음을 합친 모습이었다. 새싹들이 돋아난 나뭇가지와 바위 틈새를 비집고 피어난 꽃들, 맑은 하늘을 배경으로 우뚝 선 봉우리와 기암괴석의 모습은 압도적이었다.

나는 청량산을 잊을 수 없어 다시 찾았다. 봄의 옷으로 갈아입은 청량산이 나를 반겼다. 하늘을 떠받친 듯한 청량산의 우뚝 선 모습은 이름처럼 맑고 청아한 기운을 품고 있었다. 수억 년의 세월이 빚어낸 조형미는 어떤 인간의 솜씨로도 빚을 수 없는 절대적인 자연 그대로의 아름다움을 지니고 있었다.

창조주의 위대한 예술작품 앞에서 나는 다시 한번 겸허한 마음을 갖게 됐다. 그 순간, 작품을 그리고 싶은 강렬한 욕망을 품고서 돌아왔다. 봄의 생동감과 청량산의 웅장함을 담아내는 것은 나의 새로운 도전이었다.

청량사를 중심으로 전체 윤곽을 스케치하는 데만 일주일이 걸려 완성됐다. 일정을 재촉하지 않고 하루 2시간 넘게 작업을 계속했다. 먹의 진한 부분을 시작으로 연한 묵색이 나오기까지 붓질의 손놀림도 빨라졌다. 중요한 포인트를 중심으로, 완성도를 높여 가는 데 열정을 쏟았다.

외출 중에도 머릿속엔 그림 생각이 떠나지 않았다. 가끔은 눈앞에 빙빙 도는 듯 청량산이 어른거린다. 빨리 집에 돌아가 작업하고 싶은 생각도 들었다. 이럴수록 작품에 대한 애착과 욕망이 커졌다. 하지만 서두르지 않고 절제할 수 있는 마음도 생겼다. 그리고 가슴에 품은 열정을 적절하게 표현할 때 좋은 작품을 얻을 수 있음을 터득하기도 했다.

완성된 수묵 담채의 청량산을 머릿속에 상상하며 매일 조금씩 작업을 진행했다. 하루하루가 지치지 않고, 집중할수록 재미도 있고 힘도 생겼다. 작업방을 들락거리며 거리를 두고 그린 작품을 감상도 해본다. 가까이서, 멀리서 완성도를 가늠해 본다.

작품을 시작한 지 3주째 들어섰다. 채색하기 전 수묵작업을 완성할 단계에 이르렀다. 수묵화로서는 거의 완성되어 가는 셈이다. 감상하면서 손 갈 부분이 더 있나 살펴볼 여유도 생겼다.

남은 채색 과정은 신중히 접근해야 했다. 날씨까지도 고려해야 했다. 습기가 많은 날이면 한지에 스며든 색감과 질감이 좋지 않다. 연녹색을 기본으로 자연 그대로의 생명력 느낌을 담기 위하여 마지막 작업에 집중했다.

수묵에 채색을 주는 과정은 먹과 채색의 조화를 중시하는 수묵담채화에서 어려운 부분이다. 지나치게 난하지도 않으면서 깊고 은은한 무게와 깊은 감을 주도록 해야 한다.

시작한 지 한 달이 넘어서야 작품을 완성했다. 아쉬움도 많았고 고생도 했지만 해냈다는 뿌듯함도 컸다. 한 작품을 위하여 쏟은 정성과 집중을 작품 속에 고스란히 담고 싶었다. 열정을 바쳐 자신의 분신과 같은 산수화 작품 한 점을 얻게 돼 기뻤다.

작품을 보는 이가 청량산의 아름다움을 느끼며 오랫동안 기억 속에 담게 된다면, 그것이 작품의 진정한 의미와 가치일 것이다. 언제나 청량산은 변함없이 웅장함 그대로 그 자리에 묵묵히 서 있을 것이다. 계절이 바뀌고 세월이 흘러도 고요한 아름다움과 생명력은 영원할 것이다.

모두가 자연 앞에서 겸손한 마음을 갖고 경이로움을 오래도록 지켜나갈 수 있기를 소망한다. 우리에게 남은 것은 이 위대한 자연을 후대에 온전히 물려주어야 할 책임이다.

설악산 공룡능선

　어제와 달리 피곤함은 더했지만 달콤한 늦잠에서 깨어 설악산 아침을 맞이했다. 상쾌한 아침 공기와 솔향기 묻어나는 자연의 소리는 평화롭고 조용했다. 설악동 소공원을 출발해 관광객들과 함께 설악산 케이블카를 타고 권금성 해발 850m에 올랐다. 이 성은 고려 시대 때 몽골의 침략을 막기 위해 세워졌다는 전설이 전해지며, 현재는 성벽이 거의 남아 있지 않다.

　공룡능선은 설악산 외설악에 위치하고 정상에 봉화대를 중심으로 2km의 산성을 이루고 있다. 백두대간의 괴암 절벽 산봉우리들이 평풍처럼 둘러싸여 있다. 그때 마침 밀려드는 관광객의 안전을 위하여 안내하는 안전요원들의 호루라기 소리에 주변은 잠시 긴장감이 돌았다. 안전 주의사항을 당부하고 난 뒤 멀리 스카이라인으로 보이는 암봉들을 가리켰다.

저 산들이 설악산의 중심을 이루는 공룡능선이며 외설악과 내설악의 경계를 이루고 있다. 마등령에서 신선대까지 약 5km의 구간이며 설악산 등산 중 가장 어려운 구간이다. 암벽길이 많고 경사가 심해 경험자들도 체력적으로 하루에 도전하기 힘든 코스라고 설명을 해주었다.

그때 바로 앞에 앉아 있던 내가 "어제 저 능선을 새벽 4시쯤 출발하여 15시간 걸려 등산을 마쳤습니다"라고 말하자, 내 말을 들은 안내요원은 나를 일으켜 세워 많은 관광객을 향해 "여기 계신 어르신께서 저 공룡능선을 하루에 완주하셨다니 정말 대단한 분입니다"라고 칭찬하며 여러 관광객들로부터 큰 호응의 박수를 받게 했다.

전날 겪었던, 처음이자 마지막이었던 설악산 등산을 둘째 아들과 함께하면서 나누었던 대화, 열정에 빠져 있던 작품을 위해 눈과 가슴에 담아 왔던 설악산 등산 여정을 풀어내려고 한다.

2012년 10월 중순 정년 퇴임 후 8년쯤 지났을까, 67세 되던 때 취미생활로 시작한 한국화 작품을 위해서 스케치 겸 현대미술 작가인 아들과 함께 설악산 등반에 나섰다. 분당에서 오후 9시 출발하여 설악동에 밤 12시쯤 도착, 사우나 휴게실에서 잠시 눈을 붙인 후 아침 요기로 허기만 채운 채 4시 30분에 설악동 소공원에서 출발했다. 비선대를 지나 마등령을 향해, 캄캄하고 험난한 오르막 바윗길을 랜턴 불에 의지하여 쉴 틈도 없이 두어 시간 동안 올랐다.

금강굴 팻말을 따라 급경사 계단을 올라 캄캄한 굴에 들어가 보니, 촛불 흔적과 돌부처 형상만 있고 갑자기 앞이 막혀 무서운 생각도 들었다. 신라 시대 고승 원효대사가 수행한 곳으로 알려져 있는 굴이기도 하다. 원효대사가 수도를 위해 금강굴에 오르던 중 천둥이 치고 바위가 굴러떨어졌지만, 조금도 다치지 않았다는 설도 있다. 내부에서 내려다보는 설악산의 일출은 최고로 아름다운 경치를 감상할 수 있는 곳이다.

뒤돌아 나와 숨이 목에 차도록 다시 험한 길을 오르니, 새벽 동이 트면서 설악산 일출이 암봉들을 밝혀주기 시작했다. 비선대에서 3시간쯤 걸려 마등령에 도착했다. 잠시 숨을 고르며 아침을 먹었다. 처음 보는 설악산의 웅장함과 아름다움의 최고 절경을 눈앞에서 보게 되니 벅찬 가슴이 뛰었다.

마등령해발 1,327m은 설악산맥의 주봉인 대청봉해발 1,708m과 중간에 위치해 있다. 공룡능선, 천불동계곡 등 웅장한 설악산 능선의 산세를 고스란히 볼 수 있었다. 쉴 겨를도 없이 경치를 카메라와 마음에 담고 영상으로 남겼다.

설악산 단풍의 절정을 구경하니 피곤함도 잊고, 험한 바위산

비탈길을 오르고 내리기를 반복했다. 깜짝 놀랄 만한 팻말을 여러 개 보면서 정신이 번쩍 들기도 했다. 팻말은 이곳에서 등산객의 추락 사고로 운명을 달리하신 분들의 이름과 날짜, 명복을 비는 글이었다. 사고 발생의 통계는 없지만 일 년에 수건의 사고 중 추락사와 심장 돌연사가 다수라니, 등산 전 체력과 건강 상태, 기상 상황, 적절한 코스와 속도, 사고 발생 시 대처 방법 등 사전 준비가 중요한 걸 깨닫게 했다.

바위 절벽의 오르막길이 연속되었다. 다리가 후들거리고 이마에 땀이 앞을 가려도 후퇴할 수 없는 상황, 바위 절벽의 오르막길이 계속되었다. 최후의 지친 모습으로 출발 10시간 만에 신선대_{해발 1,204m}에 도착했다. 대청봉과 북쪽의 공룡능선 등 한눈에 괴암 절벽 능선이 내려다보이며 멀리 동해바다와 울산바위_{해발 873m}도 보였다.

여기가 어디쯤인지 짐작이 갔다. 오후 2시쯤 휴식을 끝내고 희운각, 양폭을 지나 설악산 최고 백미인 천불동계곡을 따라 청아한 개울물에 발을 담그며 아름다움에 취한 채 몸의 열기를 식혔다. 천당폭포, 오련폭포, 귀면암, 문수담, 비선대의 빼어난 경관들이 더하니, 설악산을 아름다운 명승지로 꼽는 이유가 있었다.

설악산 천불동계곡은 지리산의 칠선계곡, 한라산의 탐라계곡 등 한국 3대 계곡 중 으뜸이다. 시인과 묵객들이 자연 경관을 즐기며 시를 읊고 풍류를 즐기던 역사와 문화가 어우러진 곳, 비선대에 이르렀다. 주위에 어둠이 깔리고 시원한 설악 공기를 마시며 저녁 7시에 설악동 소공원에 도착했다. 15시간의 도전 끝에, 과거에도 없었고 앞으로도 경험할 수 없는 설악산 공룡능선의 등산을 마쳤다.

그때 느꼈던 감정, 그리고 작품으로 남기고 싶었던 절실함을 그려낸 설악산 작품 서너 점은 언제 보아도 그 감격의 마음을 버림 없이 남겼다는 느낌을 갖고 있다. 정년퇴직 후 그림을 취미로 시작했지만 화가의 이름으로 좋은 작품을 남길 수 있기를 꿈꾸며, 현대미술 작가인 아들과 함께 동행했던 모습을 떠올릴 때면 스스로가 자랑스럽고 삶의 기쁨을 넘어 활력을 느낄 때가 많다.

인생 후반에 그림을 그리며 취미생활을 할 수 있는 여건과 달란트를 주신 하나님께 감사드린다.

마곡사, 천년의 숨결

계룡산 자락에 고즈넉이 자리 잡은 마곡사는 640년 법호 스님이 창건한 이래 천년의 세월을 간직한 사찰이다. 마곡麻谷이란 이름은 이 절이 들어선 계곡에 삼나무가 많이 자란다 하여 붙여졌다고 한다. 그 이름처럼 지금도 울창한 숲이 절을 포근히 감싸고 있다.

사찰로 향하는 길은 그 자체로 하나의 순례길이다. 약 2km 남짓한 산책로는 자연 그대로의 최고 안식처다. 울창한 활엽수림 사이로 오솔길을 따라 걸으면, 한 걸음 한 걸음이 마치 과거로의 여행 같다.

오른편에는 맑은 계곡물이 바위에 부딪혀 튀어 오르는 물방울, 자갈 위를 살랑살랑 흐르는 물결, 작은 폭포를 이루며 쏟아지는 물줄기는 각기 다른 소리로 자연의 교향곡을 연주한다. 계곡 물소리를 듣고 있노라면, 마음속의 번잡한 생각들이 하나둘 씻겨 내려가는 듯하다.

왼편의 숲은 계절마다 다른 매력을 뽐낸다. 봄에는 신록이 돋아나는 소리가 들릴 듯하고, 여름에는 짙푸른 녹음이 시원한 그늘을 만들어 준다. 가을이면 단풍으로 물들어 절경을 이루고, 겨울에는 하얀 눈을 이고 선 나무들이 바위와 돌 틈의 수난을 이기며 남긴 세월의 흔적은 고스란히 고목화의 상징을 그려낸다.

바위 표면에는 이끼로 수놓은 듯 잔딧결이 가지런히 새겨져 있다. 어떤 바위는 좌선하는 스님 같고, 우뚝 솟은 큰 바위는 부처님을 연상케 한다. 자연이 빚어낸 조각품들이 길가에 즐비하다. 대웅전에 가까워질수록 풍경은 더욱 짙은 감운을 띤다. 멀리서 들려오는 종소리, 은은히 풍기는 향불 냄새가 마음을 경건하게 만든다. 마침내 눈앞에 펼쳐지는 마곡사의 모습은 한 폭의 동양화를 보는 듯하다.

마곡사의 건축물은 그 자체로 빼어난 예술품이다. 조선 시대 건축의 아름다움을 간직한 대웅전과 극락전은 정교한 단청과 균형 잡힌 구조로 유명하다. 이곳은 유네스코 세계문화유산에 등재되어, 한국 불교의 전통과 건축미를 세계에 알리고 있다. 마곡사를 찾는 이들은 단순히 역사적 건축물을 감상하는 것을 넘어, 그 안에 담긴 세월의 깊이와 선조들의 뛰어난 건축예술을 느낄 수 있다.

대웅전으로 향하는 길목에서 만나는 만세루는 조선 시대 건축의 극치를 보여준다. 팔작지붕의 당당한 모습과 섬세한 단청이 어우러져 사찰의 격조를 한껏 높여준다. 처마 끝에 달린 풍경이 바람에 흔들릴 때마다 들려주는 맑은 소리는 마치 하늘에서 들리는 음악 같다.

마곡사의 자랑인 대웅전은 조선 후기 건축의 백미로 꼽힌다. 정면과 측면의 웅장한 규모와 함께, 지붕의 완만한 곡선이 주는 우아함이 탄성을 자아낸다. 단청의 화려함은 절제되어 있으면서도 품격이 느껴지며, 처마 밑 공포의 정교한 조각은 장인들의 숨결을 전해준다.

사찰 뒤편으로는 영산전과 대광전이 자리 잡고 있다. 이들 건물은 각각 독특한 개성을 지니면서도 전체적으로는 조화를 이루고 있다. 특히 영산전의 지붕곡선은 하늘을 향해 날아오르는 새의 날개를 연상케 한다.

해 질 무렵이면 또 다른 마곡사의 경관을 만날 수 있다. 노을빛에 물든 처마와 단청, 저녁연기처럼 피어오르는 향불 연기, 그리고 멀리서 들려오는 목탁 소리가 어우러져 신비로운 분위기를 자아낸다. 이때쯤이면 산새들도 둥지로 돌아가는지 이곳저곳에서 지저귀는 소리가 들린다.

천년 고찰 마곡사는 단순한 관광지가 아니다. 이곳은 시간이 멈춘 듯한 고요 속에서 자신을 돌아볼 수 있는 사색의 공간이자, 자연과 인간의 조화로운 공존을 보여주는 살아 있는 박물관이다. 경건의 마음으로부터 시작된 산책은 경내의 구석구석을 더듬어 보는 마음의 순례가 되어, 돌아올 때는 한결 가벼워진 발걸음을 느낄 수 있다.

마곡사가 천년을 버텨올 수 있었던 것은 아마도 이 완벽한 조화 때문이 아닐까 싶다. 자연과 인간, 과거와 현재가 조화롭게 어우러진 이곳에서, 우리는 진정한 평화란 무엇인지를 배우게 된다. 아울러 마곡사의 계곡과 숲에서 얻은 평온함은 삶의 고단함 속에서 우리를 지탱해 줄 힘이 될 것이다.

호남의 금강, 월출산

　겨울의 마지막 날이 저물어갈 때, 영암의 하늘에서는 아름다운 춤을 추는 눈송이들이 월출산에 포근히 내려앉았다. 하얀 옷으로 갈아입은 월출산은 호남의 금강산이란 이름이 무색하지 않게 그 웅장한 모습을 자랑하고 있었다.

　아직 새벽별이 반짝이는 이른 아침, 월출산 국립공원사무소로 향했다. 발아래 쌓인 눈을 밟을 때마다 들리는 부드러운 소리가 우리의 발걸음을 더욱 가볍게 만들어 주었다. 주변은 고요했지만, 그 고요함 속에서 산의 숨결이 느껴졌다.

　천황사로 가는 길은 마치 동화 속 한 장면 같았다. 눈 쌓인 소나무 가지들이 만든 하얀 터널과 하늘을 향해 곧게 뻗은 조릿대들이 겨울 산의 특별한 풍경을 만들어 냈다. 천황사에 도착하니 처마 끝의 고드름과 눈 덮인 기와지붕이 한 폭의 수묵화처럼 아름다웠다. 새벽 예불을 알리는 종소리는 고요한 겨울 산사의 풍경을 더욱 깊이 있게 만들어 주었다.

구름다리에 이르러 바라본 겨울 산의 모습은 압도적이었다. 바위 절벽 사이사이에 쌓인 하얀 눈은 마치 하늘로 솟아오르는 듯했고, 쉭 쉭 스치는 차가운 바람 소리는 겨울 산행만의 특별한 긴장감을 더해주었다.

바람폭포에서 만난 겨울 풍경은 그야말로 장관이었다. 폭포수가 얼어 만들어진 거대한 얼음기둥과 고드름은 자연이 만든 거대한 예술작품 같았다. 햇빛이 비칠 때마다 반짝이는 모습은 마치 수정으로 만든 조각품을 보는 듯했다.

천황봉 정상에 올랐을 때의 감동은 말로 표현하기 어려웠다. 마치 천사의 날개가 하늘을 덮은 듯, 끝없이 펼쳐진 푸른 하늘이 우리를 반겼다. 정상에서 바라보는 설경은 거대한 천상화였다. 눈 덮인 봉우리들이 은빛으로 빛나고, 그 사이사이 검은 암벽이 먹물처럼 짙게 번져 절묘한 대비를 이루었다.

정상을 내려가며 돌아본 설산의 기암절벽은 마치 하늘로 솟구치려는 용처럼 역동적이었고 용맹스럽기도 했다. 특히 장군바위는 천황봉을 지키고 있는 듯 늠름한 자태로 서 있고, 어디를 보아도 믿음직한 장수의 모습이었다.

산허리를 감아 도는 길에서 만난 기암괴석들은 마치 살아 움직이는 듯했다. 어떤 바위는 하늘을 향해 기도하는 스님 같았고, 또 어떤 바위는 하늘을 향해 나는 선녀를 연상케 했다. 눈부신 겨울 햇살 아래, 하얀 눈을 머리에 인 바위들은 저마다의 사연을 속삭이는 듯했다.

산등선 넓은 억새밭은 또 다른 차원의 감동을 선사했다. 끝없이 눈송이와 어우러져 춤추는 모습은 마치 겨울 바다의 하얀 파도 같았다. 바람이 불 때마다 억새들은 부드럽게 몸을 흔들고, 그 움직임은 거대한 자연의 숨결처럼 느껴졌다.

삐죽이 홀로 서 있는 억새는 마치 고독한 사색가의 모습이지만, 바람에 흔들릴 때는 오케스트라의 연주자처럼 장엄한 하모니를 만들어냈다. 햇살이 비칠 때마다 반짝이는 억새의 모습은 달빛이 내려앉은 것처럼 신비로웠고, 그때의 광경은 마치 천상의 정원을 걷는 듯했다.

이 억새들은 척박한 땅에서도 꿋꿋이 자라나 높이 솟아오르며, 어떤 역경 속에서도 굴하지 않는 강인한 생명력을 보여주었다.

해가 저물어갈 무렵, 도갑사로 향하는 길에서 본 석양은 눈밭을 붉게 물들였다. 천년의 역사가 숨 쉬는 이곳에서, 왕인박사의 발자취와 도선국사의 숨결을 느낄 수 있었다.

이날의 산행은 단순한 겨울 산행이 아닌 자연과 역사, 문화를 온몸으로 느끼는 특별한 여정이었다. 눈 덮인 월출산의 바위들은 저마다의 이야기를 품고 있었고, 오랜 세월이 흐른 사찰에서는 깊고 짙은 문화의 향기가 느껴졌다.

영암의 자랑스러운 보물, 월출산의 겨울 등정은 오랫동안 아름다운 추억으로 남아 있다. 그리고 이 추억은 마치 겨울 하늘에서 내리는 축복의 눈송이처럼 내 마음속에 겹겹이 쌓여 있다.

오대산의 겨울 등반

때 이른 3월 초, 현대그룹 중간관리자교육을 받게 됐다. 인재개발원을 새롭게 개원하여 그룹의 비전공유와 미래 인재 육성 목적으로 집중교육 훈련을 받는 과정이었다. 마지막 교육 프로그램 중 체력단련 극기 훈련으로 강원도 강릉의 오대산 등산 일정이 있었다.

강릉 현대호텔에서 숙박하고, 아침 일찍 일어났다. 3월 초 창밖에 때 아닌 함박눈이 바닷바람을 타고 포근히 내리는 모습에 모두들 마음이 들떠 있었다.

20여 명의 교육생은 그저 단순한 체력단련 정도로 여기고, 가벼운 마음으로 산행을 준비했다. 그날의 산행은 우리 모두의 인생에 깊이 새겨질 극한의 도전이 되리라고는 아무도 예상치 못했다.

소금강 주차장에 도착했을 때부터 날씨가 심상치 않았다. 밤새 내린 눈이 계곡을 하얀 설국으로 뒤덮어 놓았고, 발자국 하나 찾아볼 수 없는 미지의 설원이 우리 앞에 펼쳐져 있었다. 겨울산행 경험도 부족했고, 제대로 된 등산 장비도 없이 시작된 등산은 처음부터 무모한 도전이었는지 모른다. 무릎까지 빠지는 눈길을 헤쳐나가는 것은 마치 군 시절 유격 훈련을 연상케 했다.

땅인지 바위인지 계곡인지 분간할 수 없는 하얀 눈 속에서, 우리는 오직 전진만을 재촉해야 했다. 잠깐의 휴식 시간에 젖은 양말을 갈아 신고 허기진 배를 채우며 잠시나마 안도했던 시간도 그만, 하늘은 우리에게 더 큰 장벽을 준비하고 있었다. 먹구름이 순식간에 하늘을 덮더니, 세상이 온통 하얀 잿빛 장막 속으로 빨려 들어가는 듯했다.

눈보라는 마치 살아있는 생명체처럼 우리를 휘감았고, 칼날 같은 바람은 온몸을 할퀴며 불어 댔다. 시야는 2~3m밖에 확보할 수 없었고, 귓가에는 오직 눈보라가 휘몰아치는 "스윙~ 스윙~" 소리만이 맴돌았다. 정상을 향한 마지막 50m 구간은 그야말로 사투를 벌여야 했다. 거의 수직에 가까운 바위 절벽에는 철재 파이프로 만든 안전 난간대가 우리의 생명을 지켜 줬다. 눈보라는 더욱 거세졌고, 강풍은 우리 몸을 마구 흔들어댔다.

젖은 장갑이 철재 파이프에 달라붙어 떨어지지 않을 때는 공포가 엄습했다. 한 발자국을 내디딜 때마다 온 신경을 곤두세워야 했고, 눈을 뜨고 있는 것조차 고통스러웠다. 마치 히말라야 등반대나 겪을 만한 두려움의 연속이었다. 우리는 서로를 격려했다. "조금만 더 힘내자. 정상이 가깝다!" 앞사람의 희미한 모습만을 놓치지 않으려 필사적으로 정신을 집중했다.

눈보라 속에서 들려오는 동료들의 목소리는 마치 방향을 잡아주는 등대와도 같았다. 한 걸음, 한 걸음. 절대 포기할 수 없다는 일념 하나로 우리는 전진했다. 마침내 사력을 다해 노인봉 정상에 도달했을 때, 우리는 말 그대로 살아있는 것에 감사했다. 서 있기조차 힘든 강풍 속에서도 누군가 외친 "사진 한 장은 박아야지!"라는 말에 모두가 웃을 수 있었다.

그날 찍었던, 눈만 겨우 보이는 물에 빠진 생쥐들 같은 사진만이 그때 상황을 대변해 준다. 누가 누군지 모를 지경이다. 오로지 그날의 처절했던 한 장의 장면뿐이다. 휘몰아치는 눈보라에 쫓겨 진고개로 향하는 하산길은 눈바람 기세가 꺾여, 천만다행이었다.

지난 동절기에 사용했던 화전민 빈집에서 얼음장 같은 손발을 녹이고 잠시 추위를 피했다. 정작 진짜 시련은 하산부터였다. 폭설로 인하여 버스가 있는 곳에 진입이 불가하다는 연락을 받았다. 예정에 없던, 국도변에 정차해 있는 버스까지 5~6km의 눈

길을 헤치며 걸어야 했다. 군사작전일 때나 통행할 수 있는 비상 도로를 따라 국도변까지 3시간 이상 고난의 행군을 해야 했다. 회상하건대 그때의 심정은 허기와 극도의 탈진 상태로 무기력이 최고조 상태였다.

드디어 버스가 보이는 100m 거리에서 두 다리는 감각이 무딘 상태에 이르렀다. 이렇게나 허기진 배에 녹초가 된 몸을 이끄느라 버스를 지척에 두고도 제대로 걷지 못하고 털썩 주저앉기도 했다. 버스에 오르기조차 힘겨울 정도였다. 평생 잊지 못할 고난의 여정이었다.

어느 산이든 준비하지 않고 가볍게 도전할 수 있는 산행은 없다. 특히 겨울 산행은 더욱 그러하다. 산에 오르기 전에는 반드시 철저한 준비가 필요하다. 우선 기상 상황을 체크하고 일기 변화에 대비할 계획을 세워야 한다. 등산로와 대피소의 위치를 미리 파악하고, 비상 상황에 대비할 대처 방안도 구체적으로 마련해야 한다. 장비 준비도 결코 소홀해서는 안 된다. 무엇보다 중요한 것은 산에 대한 경외심이다.

아무리 경험 많고 장비가 좋더라도, 자연 앞에서 겸손해야 한다. 가능하다면 경험 많은 산악인과 동행하는 것이 좋다. 그들의 조언은 위기 상황에서 생명줄이 될 수 있다. 지금도 가끔 그날의 기억이 떠오른다. 극한의 상황 속에서 서로를 다독이며 함께 이겨냈던 동료애와 협동심, 책임감, 자연에 대한 겸손함 그 모든 것이 우리에게 값진 교훈으로 남아있다.

앞으로 산행을 계획하는 이들에게 우리의 경험이 작은 경종이 되길 바라며, 모든 등산객의 안전한 산행을 기원한다.

바람, 갈대와 억새

저녁노을이 물드는 호숫가에서 갈대들이 춤을 추기 시작한다. 바람이 불 때마다 수천, 수만 개의 갈대가 한꺼번에 몸을 숙였다 일으키기를 반복하는 모습은 마치 거대한 물결과도 같다. 저마다의 리듬으로 흔들리는 갈대는 각기 다른 이야기를 들려주는 듯하다.

갈대는 물가의 시인이다. 홀로 서 있을 때는 외로운 사색가처럼 보이다가도, 무리 지어 흔들릴 때면 웅장한 오케스트라의 연주자가 된다. 갈대꽃이 피는 늦가을이면, 하얀 융단을 깔아놓은 듯한 갈대밭은 가장 아름다운 자태를 뽐낸다.

한편, 산과 들에서 만나는 억새는 또 다른 이야기를 들려준다. 억새는 바람을 타고 은빛 물결을 만들어낸다. 특히 가을 햇살 아래서 반짝이는 억새의 모습은 마치 달빛이 내려앉은 것처럼 신비롭다. 억새가 바람에 흔들릴 때마다 "바스락~, 바스락~" 하는 소리는 자연이 들려주는 자장가 같다.

　갈대가 유연함과 순응의 미학을 보여준다면, 억새는 강인함과 고독의 아름다움을 대변한다. 척박한 땅에서도 꿋꿋이 자라나 하늘을 향해 솟아오르는 억새는 어떤 역경 속에서도 굴하지 않는 생명력을 상징한다.

　해 질 무렵, 갈대밭을 스치는 바람은 지나간 시간의 이야기를 전해준다. 봄날의 새싹부터 겨울 끝자락까지, 계절의 변화를 묵묵히 지켜본 갈대는 세월의 흐름을 온몸으로 기억하고 있다. 때로는 거센 비바람에 휘청이면서도 결코 꺾이지 않는 갈대의 모습에서 우리는 삶의 지혜를 배운다.

　산등성이를 가득 메운 억새는 바람이 불 때마다 물결처럼 일렁인다. 그 모습은 마치 대지의 숨결을 시각화한 것 같다. 바쁜 삶 속에서 벗어나 자연의 소리에 귀 기울이면 마음도 편해지고, 스트레스가 해소되는 느낌이 든다. 특히 달빛 아래에서 은빛으로 빛나는 억새밭은 이 세상의 것이 아닌 듯한 신비로움을 자아낸다.

　갈대와 억새는 각자의 자리에서 계절의 변화를 가장 아름답게 표현하는 자연의 예술가이다. 봄에는 파릇한 새싹으로 생명의 시작을 알리고, 여름에는 짙푸른 잎으로 생명력을 뽐내며, 가을에는 황금빛 물결로 풍요로움을 전하고, 겨울에는 하얀 눈을 이고 묵묵히 자리를 지킨다.

특히 새벽안개가 깔린 갈대밭은 신비로운 분위기를 자아낸다. 안개 속에서 희미하게 보이는 갈대의 실루엣은 마치 수묵화의 한 장면 같다. 이슬을 머금은 갈대가 아침 햇살에 반짝일 때면, 그것은 또 하나의 우주를 보는 듯하다.

억새는 바람이 없을 때도 스스로 흔들거리며 자신만의 노래를 부른다. 마치 오랜 세월 동안 간직해 온 이야기를 들려주고 싶어하는 것처럼. 그 속삭임 속에는 땅의 이야기, 하늘의 이야기 그리고 시간의 이야기가 담겨 있다.

이처럼 갈대와 억새는 단순한 식물이 아닌, 자연의 시간과 이야기를 전하는 전령사이다. 그들의 춤사위는 위로와 감동이 되며 때로는 깊은 사색으로 이끈다.

그곳에서 우리는 잠시 잊고 있었던 자연의 아름다움과 삶의 진리를 다시 발견하게 될지도 모른다. 인간의 성품을 자연에 비유한다면, 우리는 갈대와 억새의 특성을 조금씩 지니고 있다.

갈대형 인간은 상황에 따라 유연하게 대처하는 유형이다. 비바람이 불어도 몸을 낮추어 피해를 최소화하는 지혜를 가졌다. 이들은 사회 속에서 뛰어난 적응력을 보이며, 때로는 수그러들지만 결코 꺾이지 않는 강인함을 지닌다. 갈대형 인간은 타인의 의견을 경청하고, 갈등보다는 조화를 추구한다. 어떤 환경에서도 살아남을 수 있는 유연한 삶의 철학을 가진 사람들이다.

반면 억새형 인간은 자신의 신념을 굽히지 않는 강직함이 특징이다. 바위처럼 단단한 의지와 꿈을 향해 꿋꿋이 나아가는 진취적인 성격을 지녔다. 억새가 척박한 땅에서도 하늘을 향해 자라듯, 이들은 어떤 어려움 속에서도 자신의 가치와 목표를 향해 흔들림 없이 나아간다. 때로는 고집스럽게 보일 수도 있지만, 그 속에는 자신만의 확고한 신념과 원칙이 있다.

어떤 이는 갈대와 억새의 성질을 모두 지닌 '갈새'형 인간이라 부를 수 있을지도 모른다. 이들은 상황을 지혜롭게 판단하여 때로는 유연하게, 때로는 강인하게 대처하는 균형 감각을 지녔다. 바람이 부는 방향을 읽고, 자신의 모습을 적절히 변화시키는 지혜와 함께, 핵심 가치에 있어서는 결코 타협하지 않는 강직함을 갖추었다.

우리 삶에서는 갈대의 유연함과 억새의 강인함이 모두 필요하다. 어떤 상황에서는 갈대처럼 유연하게 대처하고, 또 어떤 순간에는 억새처럼 굳건히 서 있어야 한다. 폭풍우가 몰아치는 인생의 고비에서 갈대의 지혜로 몸을 낮추고, 중요한 가치를 지켜야 할 때는 억새의 강인함으로 맞서는 것이 균형 잡힌 삶의 모습일 것이다.

바람 부는 날, 갈대밭과 억새밭을 찾아 그들의 이야기에 귀 기울여보는 것은 어떨까? 그곳에서 우리는 잠시 잊고 있었던 자연의 아름다움과 삶의 진리를 다시 발견하게 될지도 모른다. 어쩌면 나 자신이 갈대인지, 억새인지, 아니면 '갈새'인지 알아보는 소중한 시간이 될 수도 있을 것이다.

마곡사 가는 길

4장

취미와 예술

붓끝에 삶의 여정을 담아

언젠가부터 그림을 그리고 싶은 진한 열망이 가슴을 흔들어 깨웠다. 정년 퇴임을 앞두고 30년의 직장생활을 그만두어야 하니 서운한 생각이 들었다. 다만, 하고 싶었던 일을 마음껏 할 수 있을 테니 조금은 마음의 위안과 기대가 되기도 했다. 문화센터의 평생교육 과정 광고를 보고 관심이 있는 한국화 기초반을 신청해 매주 목요일 오전 2시간씩 한국화韓國畵를 배우기 시작했다.

선생님은 한국화 실력이 이름난 분으로, 정평이 나 있는 죽전 김원술 선생님이셨다. 처음 벼루에 먹을 갈아 붓으로 선, 나무, 바위 등을 그릴 때의 설렘과 긴장감은 아직도 생생하다. 시간이 갈수록 자신감도 생기며 선생님께서 견본을 그려 주시는 날이면, 하루에도 몇 장씩 연습하며 재미를 붙였다.

어릴 때를 거슬러 생각하면 국민학교 시절에 공부는 잘하지 못했지만 미술시간을 좋아했다. 학급 미화 정리 때마다 교실 뒷벽에 내 그림이 걸리곤 했다. 나름대로 그림에 소질이 있었던 것 같다. 국민학교 5학년쯤 미술반에 들어가 특별 활동을 하며 교육감 주최 미술 대회에서 부여 백마강 풍경을 그려 장려상도 받았다.

아마 그 순간 기쁜 마음이 그림에 미련도 심어준 것 같다. 졸업 후에는 미술에 접할 기회는 없었지만, 둘째 아들이 미술을 전공하며 청년 설치작가로서 활동하고 있을 때 자연히 많은 관심을 갖게 되었다.

한국화를 배우기 시작한 것이 너무 잘한 것 같았다. 잠재해 있던 그림에 대한 열정이 한꺼번에 쏟아져 그림 그리기에 심취하게 되었다. 2~3년이 지난 후 산과 계곡, 시골집과 기와집, 경치만 보면 그리고 싶은 생각이 폭포수처럼 생겨 매일 붓을 잡고 씨름하게 되었다. 날이 지날수록 욕심도 생겼다. 배울 기회를 넓히고자 일주일에 두어 곳을 찾아다녔다. 여러 선생님을 만나 공부하며 나름 기초 실력을 쌓아갔다.

홍익대학교 미술대학원 평생교육원에서 현직 교수님께 배우기도 했다. 교육원 전문 과정에서는 한국화의 실기를 겸한 산수화, 문인화 강좌를 들었다. 너무 재미있게 집중할 수 있어, 내 삶을 올인하듯 시간을 투자할 수 있었다. 동분서주하면서 좋아하는 산수화 공부에 열중한 나머지 계절이 바뀌는 줄도 모르고 그림에 흠뻑 빠지게 되었다.

  잠시라도 작업방을 비워두고 싶지 않을 때도 있었다. 들락거리며 가까이서, 멀리서 완성해 가는 작품을 눈에 익히며 붓을 손에 달고 살 때도 있었다. 어쩌다 외출하면 작업 중인 내 그림이 궁금해 발길을 재촉할 때도 있었다. 그럴 때면 아내는 나의 그런 눈치를 깨닫고 그림에 반은 미쳐있다고 생각할 정도였다.

  지금 생각하면 그림을 향한 지칠 줄 모르는 열정이 있었다. 어설픈 그림쟁이가 된 나에게 화백畫伯이라 불러도 부끄럽지 않고 싫지도 않았다. 그림에 입문한지 5~6년이 지나자 완성된 작품이 하나둘씩 쌓이게 되었다.

  같이 공부한 동료들과 '산성 수묵회' 모임을 만들어 정기적인 전시회도 열고 활발한 활동을 하게 되었다. 매년 성남시 모란미술대전에 참가하여 입선과 특선을 거듭했고, 지역을 넓혀 전국 미술대전에 참가하여 수상하는 경험을 얻기도 했다.

  계절에 따라 실경산수 작품의 소재를 얻기 위해 등산을 자주 다녔다. 그중 기억에 남는 산은 설악산 공룡능선, 봉화 청량산, 호남 월출산 등 작품 소재를 영상으로 담고 가슴에 담아와 실경산수를 그리는 하루 일과는 너무 소중하며 가치 있는 삶의 연속이었다.

처음 개인전시회를 성남 여성문화회관에서 열었다. 현대에서 같이 근무했던 정형모 작가와 도자기 작품을 함께 전시하여 많은 선후배의 격려를 받기도 했다. 인사동 개인전을 준비하는 과정은 최고의 집중력과 열정을 쏟아부어 준비했다. 분수에 넘칠 정도로 많은 분으로부터 격려를 받았다.

미술인으로서 명예이며 등용문으로 생각하는 대한민국미술대전에서 한국화와 문인화에 입선하였고, 한국미술협회 정회원 자격도 얻게 되었다. 고향 부여의 백제후예초대전, 충청한국화전에 참여하였으니 영광이며 의미 있는 활동이었다.

취미생활로 10년을 계속하니 작은 뜻을 이루고 20년을 지나고 보니 큰 길이 생겼다. 그린 작품이 200여 점이 넘었다. 미숙한 작품이지만 여러 사람에게 공감을 주며 소통할 수 있는 매체가 되지 않을까 생각해 본다.

늦게 시작한 산수화 공부는 내 인생 후반의 삶에 무한한 보람과 활력을 불어넣어 주었다. 이제 70대 중반을 넘었으니, 앞으로 10년은 더 많은 작품을 남겨 이웃과 공유하며 살아갈 소망을 갖고 있다.

그림을 통해 느낀 기쁨과 좌절, 성취감 그리고 자연과의 교감은 내 인생을 더욱 풍요롭게 만들어 주었다. 먹의 농담으로 표현되는 산수화의 깊이는 세월이 쌓아온 내 인생의 연륜과도 닮았다. 붓끝에서 풀어내는 세상은 내 몸속 풍경이 되어 나를 치유하고, 고독함 대신 충만한 가슴을 선물한다. 정신적으로 집중하는 것은 내면의 평화를 가져다주고, 세밀한 붓놀림이 손끝의 감각을 깨워 건강한 노후를 이끌어준다.

붓끝에 담긴 내 삶의 여정은, 그렇게 마지막 한 획까지 아름답게 이어질 것이다. 이 모든 것이 하늘이 주신 선물임을 깨닫고 은혜에 보답하는 마음으로 힘을 얻어 화선지 앞에 선다. 붓을 들 때마다 느끼는 이 설렘이 내 인생을 더욱 아름답게 물들여 가고 있다.

신사의 스포츠

　양발에 큰 상해로 고통을 겪으며 수개월 동안 병원생활을 하던 때였다. 3층 병실에서 내려다보이는 테니스장에서는 일과 후나 주말이면 사람들이 테니스를 즐기는 광경을 자주 볼 수 있었다. 그 모습을 볼 때면, 나는 '퇴원한 후 잘 걸을 수 있을까? 운동은 잘할 수 있을까? 신체적 결함이 있을까?' 하는 미래에 대한 걱정이 뇌리를 덮치곤 했다.

　퇴원 후 몸이 회복되면서 마음속에만 간직했던 테니스를 배울 수 있다는 희망을 갖게 되었다. 80~90년대에는 아파트 단지 내 테니스장이 갖춰져 있어 배울 여건도 좋았다. 초보자를 위한 테니스 교본을 구입해 꼼꼼히 읽어 봤다. 평일에는 퇴근 후 사무실에서 가까운 여의도 전경련회관 옆 테니스장에서 레슨을 받았다.

주말에는 집 가까운 곳에서 기본기와 게임 요령 등 연습을 계속하며 익혔다. 시간이 갈수록 활력도 생기고 재미도 있었다. 업무에 시달리는 스트레스를 해소하는 데 더없이 좋은 운동이었다.

목동 아파트에 살 때는 아내와 함께 테니스장에 다녔는데, 그곳에서는 초보자의 수모도 많이 겪었다. 테니스는 보통 상급자, 중급자, 초보자로 분류하는데 초급자는 상급자와 함께 어울릴 수 있는 기회도 없고 잘 응해 주지도 않는다.

친분이 없는 사이는 선뜻 같이 게임하기도 어렵다. 일명 벽치기로 홀로 연습해야 할 때가 많다. 코트에 일찍 출근하여 줄을 긋고 정리하는 것이 상급자들에게 얼굴 익히는 좋은 방법이기도 하다. 테니스의 특성상 이런 룰은 오랜 후에야 이해가 됐다. 상대의 실력에 차이가 있을 때는 재미도 없고 시합 자체가 이루어지지 않기 때문이다. 일정한 실력을 쌓기 위한 연습은 오직 코치로부터 배우는 것이 원칙이다.

분당에서는 테니스 친목 단체가 형성되어 퇴근 후 밤늦게까지 언제든지 테니스를 즐길 수 있었다. 실력도 늘고 체력도 좋아져 테니스에 재미를 붙였다. 주말을 기다리는 게 일상생활이 됐다. 집 안에 있을 수가 없다. 창문 밖에서 들리는 공치는 소리에 끌려 나가게 된다. 매일 저녁 늦게까지 치다 보니 잠잘 시간이 부족할 때도 많다. 시간을 정해놓고 이후 시간에는 불을 끄기로 약속도 했다.

주말이나 휴무에는 부부 회원들 간에 시합을 하며 친목도 다지면서 많은 시간을 보냈다. 때로는 코트가 한 면뿐이어서 여성들은 낮에 치고 야간에는 남편들에게 양보해 달라고 사정도 해야 했다. 봄가을이면 성남시 친목 단체 시합에 참가하여 마을 테니스회에 이름도 올렸다. 보통 대회 참가는 A급, B급으로 나누어 참가한다.

A급은 십여 년 이상 대회 출전 경험이 있는 실력 있는 선수들이고, 우리처럼 대회에 처음 출전하는 팀은 B급으로 분류한다. 아내는 대회에 참가하여 A급 여성 복식에서 우승한 경험도 있다. 나는 B급 복식 단체전에 준우승한 적이 있다. 명실공히 테니스 가족이 되어 여가를 즐길 수 있었던 시절이다. 테니스는 체력과 함께 근력, 지구력이 필요한 운동이다. 부단한 연습과 다양한 기술이 있어야 자기만의 능력을 발휘할 수 있다.

테니스는 미국 선교사들이 처음 우리나라에 전파한 것으로 알려졌다. 80년대 이후 경제성장과 함께 대중적인 인기 스포츠로 발전했다. 마을, 아파트 단지마다 테니스장이 생기고 생활체육으로 동호인도 증가했다. 근래에 이형택, 정현 등 이름난 선수의 등장으로 한국 테니스를 세계에 알리게 됐다.

서비스와 리시브, 공격과 수비 등 모든 경기 실전에 있어 규칙과 매너를 중시하는 운동이므로 경기 중 신사다운 태도는 관중으로부터 많은 박수를 받는다. 현대자동차 남양연구소 시절, 현대-기아 자동차 소속 본부별 테니스 대회가 있었다. 남양연구소 팀으로 참가하여 복식 리그전 단체 시합에서 우승하기도 했다.

50이 넘은 나이에 젊은 현장 사원들과 함께 대회에 참가하여 우승한 일은 잊지 못할 대단한 경험이었다. 주말마다 현장 사원들과 대회를 준비하며 단합과 친목을 도모하는 것은 노사 화합에도 도움이 됐다. 테니스를 처음 접했을 때는 쉽지 않았지만, 어려운 고난의 시기를 겪으면서도 자신과의 약속을 떠올리며 포기하지 않고 땀 흘려 노력했기에 큰 의미가 있다. 내 인생에 있어 역경의 한 줄기를 이룬 셈이다.

테니스는 유산소 운동과 근력을 단련할 수 있고, 스트레스 해소와 정신 건강에 좋은 운동이다. 테니스를 배우려는 초보자는 전문가의 레슨을 필수적으로 받아 기본자세와 스윙 방법을 완전히 익히는 게 좋다. 포핸드, 백핸드, 발리, 서브 등 다양한 기술도 연습해 발전시킬 수 있다. 동우회 활동과 대회 참가 등 사회적으로 교류하면서 친목을 도모할 수 있고, 서로 배려하면서 재미있게 즐길 수 있는 생활체육이다.

다양한 연령층이 함께 즐길 수 있는 신사적이고 교양 있는 스포츠라 생각한다. 청소년 시절부터 배워 장년 노후까지 여가를 즐기며 건강을 지킬 수 있어 좋다. 청소년에게 꼭 권장하고 싶은 스포츠다.

씨름, 우리의 전통

　어린 시절 시냇가의 모래사장이나 학교 운동장 구석에 마련된 모래판에서 종종 씨름놀이하던 때가 있었다. 아마 나의 씨름 여정은 그때부터 단순한 놀이를 넘어 인생의 소중한 경험이 되었던 것 같다. 초등학교 시절, 친구들의 격려 속에서 씨름에 흥미도 생겼다. 그때는 기초 과정을 배우거나 기술을 습득할 수 있는 기회는 없었지만, 무작정 허리띠만 부여잡고 다리 걸어 상대를 넘어뜨리는 게 최고 기술이었다.

　고등학교 시절, 체중 덕분에 힘이 있어 보이니 군君 체육대회를 참가하기 위하여 연습한 게 정식으로 씨름을 배우는 최초의 실전 경험이 되었다. 현역군 졸병 시절, 부대 창립기념일 대회에 참가하여 예기치 않게 우승한 적도 있다. 상금은 회식비로 쓰고 포상 휴가를 얻어 고향에 다녀온 적도 있다. 마지막 씨름은 현대 그룹 체육대회까지 이어졌다. 선수라기보다는 순전히 생활체육을 좋아하는 명분만으로 참가하여 즐긴 셈이다.

이러한 경험을 통해 씨름의 가치와 의미를 깨달았다. 씨름은 우리 민족의 전통 스포츠로서, 단순히 힘겨루기를 넘어선 깊은 철학을 담고 있다. 상대방을 존중하며 시작하는 예의 바른 인사, 서로의 샅바를 잡고 기술을 겨루는 과정에서 배우는 인내심과 집중력, 그리고 승패를 떠나 서로를 인정하고 배려하는 스포츠맨십은 현대사회를 살아가는 데 필요한 핵심 가치들이다.

건강적인 측면에서 씨름은 전신 운동으로서 탁월한 가치를 지닌다. 하체의 힘을 기르는 것은 물론이고 상체의 균형과 코어 근력을 향상시키는 데 매우 효과적이다. 특히 모래판에서 하는 운동이기에 관절에 무리가 가지 않으면서도 순발력과 민첩성을 키울 수 있다. 현대인이 겪는 운동 부족과 체력 저하 문제를 해결하는 데 씨름만 한 운동도 없을 것이다.

더불어 씨름은 사회성 발달에도 큰 도움이 된다. 함께 훈련하고 기술을 연마하는 과정에서 자연스럽게 동료애가 형성되고 서로를 배려하는 마음도 커진다. 승패를 겨루는 과정에서 겸손의 미덕을 배우고, 패배를 통해 성장하는 법도 익힌다. 이러한 경험들은 직장생활이나 대인 관계에서 큰 자산이 된다.

특히 요즘 같은 시대에 우리의 전통문화를 지키고 발전시키는 것은 정말 중요한 일이다. 씨름은 단순한 민속 스포츠가 아닌, 우리의 정체성을 담은 소중한 문화유산이기도 하다. 2018년 남북한이 공동으로 유네스코 인류무형문화유산에 등재하기도 했다. 이렇게 소중한 우리의 전통문화를 더 많은 사람이 즐기고 사랑했으면 좋겠다.

젊은 세대들에게도 씨름의 매력을 알려주고 싶다. 요즘은 e스포츠나 해외 스포츠에 관심이 많지만, 우리의 전통 씨름도 절대 뒤지지 않는 매력이 있다. 학교나 지역사회에서 씨름 프로그램을 더 많이 만들고, 누구나 쉽게 배우고 즐길 수 있는 기회를 마련하면 좋겠다.

모두가 씨름의 진정한 가치를 이해하고, 이를 생활 속에서 실천한다면 더욱 건강하고 조화로운 사회를 만들어 갈 수 있을 것이다.

트로트의 매력

초중고 시절, 고향에는 집집마다 유선 방송으로 뉴스, 노래, 연속극을 들을 수 있었다. 가끔 흘러나오는 노래를 듣고 나도 모르게 그 시대의 유행가를 따라 부르곤 했다. 60년대 인기 있었던 트로트 가수 남진, 나훈아, 조용필 등의 노래를 좋아했다. 당시 트로트는 서민들의 삶과 애환을 담은 노래로 대중들에게 사랑받고 있었다.

추석 명절이나 정월 보름날이면 마을 청년 단체에서 개최하는 노래자랑에 참가하여 상을 타기도 했다. 직장생활 때 회식 후 2차로 노래방에 가는 것이 습관화되었던 때였다. 노래방은 업무 스트레스를 해소하고 동료 간 소통의 장이 되기도 했다. 노래를 좋아하며 즐기는 취미생활은 직장생활에서 오는 정신적, 육체적

피로 회복에 도움이 되었다.

유행하던 노래를 항상 자동차 안에서 따라 부르며 즐겼다. 출퇴근 시간도 지루하지 않았다. 그 시절에는 60~70년대 가요계를 대표하던 나훈아의 〈물레방아 도는데〉, 남진의 〈가슴 아프게〉, 조용필의 〈돌아와요 부산항에〉, 태진아의 〈옥경이〉, 현철의 〈내 마음은 별과 같이〉, 송대관의 〈네박자〉 등을 자신 있게 부르곤 했다.

근로자의 복지시설로 사내 노래방을 갖춰 여가를 즐길 수 있게 배려하기도 했다. 시내 골목마다 있던 다방 수와 버금갈 정도로 노래방이 성황을 이루던 시절이 있었다. 자연히 노래방을 갈 기회가 많았다.

현대자동차의 A/S협력업체 대표들에게 2개월 동안 울산 현대자동차공장, 현대중공업 조선소 견학을 실시한 적이 있었다. 일정 중에 저녁 만찬과 여흥 시간에 실무 책임자로서 노래도 부르게 됐다. 열화와 같은 박수와 앵콜을 받아 즐거운 분위기를 이끌어 갔다. 경주 현대호텔 연회장에서 2개월 동안 1주 2회씩 연속 진행을 맡았었다. 그때 잊지 못할 추억의 장면들은 지금까지도 오랫동안 뇌리에 남아 있다.

근래에 와서 트로트 열풍이 점점 뜨거워졌다. 종방마다 주말이면 트로트 가수왕 발굴에 열을 올린다. 코로나19 팬데믹으로 노년층은 외출도 자유롭지 못하니 눈과 귀를 TV에 빼앗기고 집에 머문 시간이 많았다. 특히 중년 여성이 좋아하는 가수에게 보내는 사랑과 환호는 대단하다. 참가자의 순위는 심사위원 점수와 시청자 투표를 합산해 결정된다.

최종에 이르기까지 과정이 흥미롭고 가슴 조이는 광경을 본다. 나는 코로나19 팬데믹 기간 3년 동안 지내면서 트로트에 관심이 많았다. 하루에 2시간 이상 트로트에 빠져 연습하며 관련 카페 활동도 하게 되었다.

한 카페에서 주류팀에 활동하게 되면 서로 연관된 다른 카페와 교류하게 된다. 시간이 지나면서 두서너 곳의 카페로 활동 범위가 넓어졌다. 회원이 많은 카페는 수만 명 이상도 되며 하루 방문객 수는 200~300명 정도 된다.

주인 카페지기는 수십 개의 방에 방장을 두어 내부 규정에 의해 관리한다. 최고 활동방은 지정곡방에서 이루어진다. 방장은 주초에 다음 주 곡명을 지정한다. 지정한 날 자정 0시부터 서로 1등 자리에 올리려고 다툼도 생긴다. 일주일에 한 곡씩 지정된 날_{대개 월요일}에 올라온 노래를 서로 감상하며 격려의 인사말로 댓글을 주고받는다.

카페 참여의 기본 예의는 댓글에 동참하는 일이다. 일주일 동안 수십 명의 곡을 감상하면서 서로 댓글을 통해 교제를 나누게 된다. 다음 주 곡을 준비하다 보면 시간이 부족할 때가 많다. 일주일이 너무 빨리 지나간다. 배운 노래를 전문가로부터 평가받는 방도 있다. 참여자의 실력에 맞게 호흡, 발음, 리듬감, 감정표현 등 기본적인 지식을 지도해 준다.

몇 년간 꾸준히 카페 활동을 열심히 했다. 100곡 이상의 노래를 배우고 연습하여 녹음까지 할 수 있었다. 카페 활동은 자신의 노래를 객관적으로 평가받고 음악성을 발전할 수 있는 좋은 기회였다. 카페 활동으로 얻은 결과물이며 취미생활의 소중한 자산이기도 하다.

허리 협착증으로 심한 고통을 겪고 있을 때였다. 치료 과정의 긴 시간을 극복하기 위하여 시작한 트로트 노래 연습은 나의 생활에 변화를 가져왔다. 노래를 배우며 즐기는 생활은 삶의 지루할 틈을 매워 줬다. 노래 연습을 통해서 호흡도 깊어지고 편해지니 생활 리듬과 안정감도 찾게 됐다. 허리 치료 결과도 좋아져 자세가 편해지고 걸음도 좋아졌다.

하루 만 보 걷기를 실천하며 노래를 듣고 부르고 즐겁게 사니 자신감도 생기고 노후생활에 기력과 활력도 생겼다. 노래를 좋아하는 것은 정신적, 신체적 노후 건강을 지키는 강력한 자산이며 대단한 축복이다. 노래의 끈을 놓지 말고 인생 후반을 살아가자. '내 몸이 아직은 살아있는 악기이다. 목소리를 아끼는 것이 내 몸의 건강을 유지하는 길이다'라고 생각도 한다.

별안간 옛 선생님의 낡은 풍금 반주에 동요 부르던 때가 생각난다. 좋은 목소리를 주신 하나님 은혜에 감사하며 찬송과 찬양을 자주 부르며 산다.

나의 골프 사랑

1990년대, 40대 중반에 친구의 권유로 골프를 처음 배우기 시작했다. 골프 시작은 좀 늦은 편이다. 이미 골프에 입문해 주말을 즐기는 경험자의 조언을 듣고 마음이 조급해졌다. 지난 주말에는 골프가 흥미진진했던 모양이다.

우선 전문 서적을 구입하여 이론적 지식을 알아본다. 경험자들에게서 클럽 준비, 고려할 사항 등 체험담을 들어본다. '서두르지 말고 신중하게 시작하라', '초기에 기본을 잘 익히는 게 중요하다'였다.

나는 집 근처 골프연습장에 3개월을 목표로 등록하고 퇴근 후 연습을 시작했다. 골프 첫걸음을 내딛으며 전문 서적을 정독하면서 이론과 실제 연습에 적용하려고 노력했다. 경험자들의 권고에 참고할 사항도 많았다. 주말 오후 시간에는 연습장에서 시간을 보냈다. 그때는 야외 연습장이 곳곳에 있어도 휴일에는 많은 사람이 몰려 차례를 기다릴 때도 많았다.

때로는 옆 타석에서 서로 코치해 주는 내용을 엿들을 수 있었다. "슬라이스 OB가 많이 난다", "어프로치 뒤땅을 친다", "퍼터가 안 된다", "짧은 버디를 놓쳤다" 등 골프가 안 되는 여러 경우의 핑계를 논하며 연습하는 대화도 들을 수 있었다.

3개월이 지나면서 처음으로 필드에 나가 실전 경험을 하게 됐다. 연습장에서 말보다는 현장에서 경험하며 직접 배울 수 있는 기회가 됐다. 100타를 훨씬 넘는 스코어를 얻었다. 동료들은 그래도 좋은 성적이란다. "앞으로 잘 칠 수 있는 소질이 보인다"라는 말도 들었다.

필드에 자주 갈 수 없으니, 연습을 통해 나만의 스윙을 익혔다. 거실에서 빈 스윙을 하다 골프채 헤드가 천장에 부딪쳐 아내의 꾸중을 듣기도 했다. 필드 나가는 전날엔 밤잠도 설치고 꿈도 꿨다. 90대 중반에 들어가는데 많은 역경을 겪으며 7개월 정도 걸렸다. 점점 골프의 생리를 터득해 가는 중이었다. 잘 치려고 욕심이 생기니 힘을 빼는 스윙이 어렵다는 것도 깨닫게 됐다.

체중 이동과 스윙의 일관성을 유지해야 한다. 팔보다 몸통 위

주로 스윙을 주도해야 방향과 거리가 일정하다는 것도 알게 됐다. 이론을 뒷받침하는 꾸준한 연습으로 80대에 들어서면서 골프에 자신감과 흥미를 갖게 됐다.

동료 선배들과 함께 필드에 가는 기회가 많아졌다. 골프 실력이 발전할수록 상대적으로 경쟁심과 심리적 압박도 이겨내야 했다. 경기에 집중할수록 어프로치샷과 퍼팅이 어렵고 소중함을 알게 됐다. 결국 흔들림 없는 멘탈 유지가 좋은 결과를 이끌어 준다.

일도 열심히 해야지, 주말에 골프도 쳐야지, 한편으론 가족과 함께할 수 있는 시간이 부족하니 미안한 생각도 들었다. 골프 생리상 한번 잡은 골프채를 그냥 놓기가 쉽지 않았다.

어느 초여름 날 안성cc에서 선배가 주도하는 후배들 격려 차원의 골프 시합을 가졌다. 나는 처음 참석하는 시합이라 긴장감이 앞섰다. 전반전은 큰 실수 없이 잘 쳤지만, 여전히 부담감을 안고 넘어 갔다. 마지막까지 극적으로 선전하며 아마추어 골퍼가 염원하는 79타의 싱글81타 이하 타수를 기록했다. 골프 시작 2년 만에 첫 싱글을 달성하면서 골프의 집중감을 느낄 수 있었다. 긴장으로 온몸에 땀이 촉촉이 젖어 있었다. 어떻게 끝났는지 기억도 없다.

아마추어 골퍼에게는 수십 년 걸려 싱글골퍼가 되는 경우가 많다. 말이 싱글이지 평생 이루지 못하고 골프를 끝내는 이도 많다. 많은 아마추어 골퍼가 평생 한 번이라도 7자를 그려 봤으면 하는 말이 있듯이 싱글로 가는 길은 어려운 고개임은 틀림없다.

싱글의 개념을 어렵게 생각하는 분들이 많다. 싱글골퍼란, 18홀 par72 기준, +9타 또는 그 이하를 치는 골퍼를 말한다. 대개 아마추어 골퍼는 한 번이라도 기록하면 싱글골퍼라 칭함을 받는다.

다만 개인 의견으로 진정한 싱글골퍼는 라운드수의 반은 80타수 이하를 유지할 수 있어야 한다고 본다. 한 번의 싱글고개를 넘었다고 행운이 연속되는 것은 아니다. 갈수록 첩첩산중이 가로막혀 있다. 꾸준한 전진을 위해서는 기술을 익히고 연습을 꾸준히 해야 한다.

나의 골프 인생은 싱글을 이룬 계기로 성장기에 들어섰다. 당연히 주말에 필드에 나가는 기회가 많아졌다. 친구 덕분에 명문 골프장인 경기 남부cc에서 플레이할 수 있는 기회가 생겼다. 오랜만에 상급자 골퍼와 한 조를 이루었다. 순조롭게 전반에 1언더를 치면서 후반 17홀까지 even par 기록을 유지했다. 18홀 72타 even par 기록 가능성을 상상하면서 긴장하지 않으려 노력했다.

마지막 par4 한 홀을 남겨두고 마음속의 다짐은 '욕심부리지 말자'였다. 18홀째 내리막 티샷을 가볍게 완벽한 샷으로 날렸다. 아깝게 세컨샷이 거리가 부족해, 온 그린에 실패했다. 써드샷도 포대 그린으로 핀에 붙이지 못해 퍼터 거리가 쉽지 않았다. 긴장했나 보다. 깃대 왼쪽 7m쯤 경사에 공이 멈췄다. 포기하지 않고 긴장감 없이 운에 맡긴 퍼터 공이 "뎅그렁" 홀에 빨려들어갔다. "야아~, 그렇지! even이다." 나도 모르게 주먹을 불끈 쥐고 소리쳤다.

이렇게 아마추어 골퍼로서 상상할 수 없는 경험을 얻게 됐다. 2008년 8월 8일 중국베이징 아시아 하계올림픽 오프닝 날이었다. 명문 골프장 용인 남부cc에서 골프 시작한 지 7년 만에 생애 최초 72타의 even par를 기록하게 됐다. 명실공히 파 플레이 왕 싱글골퍼가 됐다.

이후 2~3차례 경험했으니, 나로서는 아마추어 골퍼로서 더 바랄 수 없는 최고의 실력에 오른 셈이다. 동반자의 축하를 받으며 even par 기록패도 받았다.

코로나19 팬데믹 이후에는 스크린 골프를 자주 하는 편이다. 친구 덕분에 한 달에 한 번 정도 골프 친구들과 필드에 나간다. 나이 70대 중반을 넘어서 횡성 웰리힐리cc로 2박 3일 골프 여행을 갔다. 둘째 날 북코스 시니어 티에서 전반전 38타, 후반전 35타로 18홀 73타를 쳤다. 내 나이보다 이하인 타수 에이지 슈트age shoot를 기록하기도 했다.

아마추어 골프 인생으로 평생 이루기 힘든 최고의 기록을 얻게 됐다. 에이지 슈트를 경험하기까지는 골프 실력은 물론이고 정신·육체적 건강과 체력 유지, 골프 비용에 따른 부담, 골프를 함께 할 수 있는 친구나 동반자까지 두루 갖추어야 하기 때문이다.

어쩌다 이룬 기록을 유지하는 게 쉽지 않다. 자신과의 싸움의 연속이며 단련이다. 나만이 갖고 있는 골프 신조가 있다. 실전에 대비해 스윙 감각을 잃지 않도록 한다. 모든 클럽의 거리와 방향성을 유지할 수 있도록 간결한 스윙 방법을 구사한다. 그린 주변의 굴림 어프로치와 퍼팅의 기술을 익힌다. 집중력을 유지할 수 있는 체력과 유연한 정신력을 기른다.

나의 골프 인생은 아직도 끈을 놓지 않고 있다. 골프는 인류가 고안해 낸 운동 중 최고의 보편적 가치를 지닌 스포츠라 생각한다. 심판관 없이 자신이 플레이하며 스스로 규칙을 준수하고 스포츠맨십과 윤리를 중시하는 자율적인 스포츠이기 때문이다.

골프는 기술과 좋은 점수보다 더 중요한 것이 있다. 골프의 최고 덕목은 상대방을 배려하는 데에 있다. 골프장은 즐거운 교제의 스포츠장으로 매너를 발휘하는 골퍼가 최고의 싱글이라 생각한다. 데이비드 로버트보건의 명언을 되새겨 본다.

"골프는 용사勇士처럼 플레이하고 신사紳士처럼 행동하는 게임이다."

인생 후반을 함께할 수 있는 친구들이 있어 감사하며 행복하다.

EVEN PAR 기념패

친구야 !

그토록 여러 날을 함께했지?
처음이나 지금이나 설레기는 마찬가지.

푸른 창공에 백구를 날려놓고,
언제나 나이스샷만 기대했지?

잘치고 못치고, 이기고 지는 것은,
그날 하루 운수에 불과하네!

둥근 공 둥근 세상 모나게 살 일 있나,
자주 만나 새 꿈 얘기하며,

구구팔팔 건강하게 살자꾸나!

골프 스윙법

　골프는 자신과의 끊임없는 대화이다. 아마추어의 보기플레이를 한 단계 도약하기 위해서는 자신의 실력을 현실 그대로 받아들이는 것부터 시작해야 한다. 자신의 능력을 과대평가하여 높은 목표에 도전하는 것만이 능사가 아니다. 실전에서 가장 중요한 것은 자신의 실력을 믿는 심리적 안정이 우선이다.

　모든 샷에 대한 과도한 욕심을 버리고, 자신의 실력 안에서 안정된 플레이를 하는 것이 중요하다. 필드에서는 무모한 도전보다 차선을 선택하고 자신감 있게 임하는 것이 좋은 결과를 얻는다. 자신의 능력을 냉정하게 판단하라는 뜻이다.

　아마추어 골퍼가 좋은 스윙을 갖기는 쉽지 않다. 자신만의 편한便 자세, 간결한 스윙이 좋은 결과를 낳는다.

 골프를 어느 정도 치는 분이라면 프로 골퍼의 스윙을 보면서 '야 멋있다'라는 생각으로 동경하게 된다. 그러나 아마추어 골퍼들은 가지각색의 스윙으로 고착되어 있어 바꾸기가 어렵다. 스윙 폼만 보고 이렇다 저렇다 평가하기도 어려운 일이다. 골프 예의로도 벗어난 행동이다. 상대방 골프 실력을 묻는 것도 여간 조심스러운 게 아니다. 골프는 처음부터 끝까지 겸손과 절제, 배려이다.

 나는 골프 레슨을 3개월 정도 연습장에서 받은 게 전부이다. 주로 주말로 혼자 연습해서 그런지 우선 스윙 폼이 보기 좋지 않다. 나중에 알았지만 업라이트 스윙을 하지 못하고 플랫 스윙으로 굳어져 있다. 어깨턴도 부족하고 손목 콕킹이 자연스럽지 못하니, 스윙의 기본에서 많이 벗어나 있음을 느낀다.

 그러나 오랜 경험으로 지금까지도 친구들 사이에서 뒤지지 않는 골프 실력을 인정받는 편이다. 아직도 스윙 방법을 고치지 못하지만, 나름대로 정한 원칙을 벗어나지 않은 요령을 익힌 덕분이라 생각한다. 프로 목표가 아니라면, 아마추어 골프인으로 중급보기 플레이어 이상의 실력을 유지하는 데 도움될 나름대로 의견을 공유하고 싶어, 조심스럽게 나만의 골프 요령을 적어 본다.

 1. 필드 타석에 서기 전 내 핸디는 잔디에 숨어 있다. 욕심을 버린다.

2. 어드레스 때 클럽 헤드를 잔디에 놓는 기분으로 그립을 헐렁하게 잡는다.

3. 팔과 몸이 하나가 되어 몸통 턴으로 천천히 백스윙을 시작한다.

4. 타격 순간 헤드와 공이 한 몸으로 붙어 나가는 것을 느끼면서 공을 오래 본다.

5. 짧은 어프로치는 가능한 굴리는 선택을 우선으로 한다.

6. 퍼터는 시계추 원리로 헤드의 무게와 백스윙 아크로 거리를 조절한다.

7. 라운드 중 걷는 속도부터, 전 과정을 습관된 행동으로 일관되게 한다.

8. 한 샷을 실수했더라도 내 핸디는 칠 수 있다. 편안한 마음을 갖는다.

9. 전 코스에서 티샷하기 전 안전한 방향을 정해 공격한다.

10. 해저드, OB가 의심되면 반드시 분할공격한다.

실전에서 가장 중요한 것은 심리적 안정과 절제되고 간결한 스윙이다. 18홀 중 9홀 정도는 핸디캡이 도사리고 있다. 항상 보기를 목표로 하고 안전한 전략으로 대응하는 게 실속이 있다. 골프 실력은 퍼팅이다. 퍼팅에서 실수하지 않으면 드라이브도 실수하지 않는다. 요행과 욕심을 버리고 플레이를 할 때 좋은 결과를 얻을 수 있다.

꾸준한 연습이 중요하다. 드라이빙 레인지에서는 목표물의 정확도에 중점을 둔다. 아이언 연습에 충분한 시간을 할애한다. 실전과 유사한 상황을 설정한다. 아이언 클럽마다 5m 이내 안착 목표로 연습한다. 어프로치와 퍼팅 연습은 필수적이다.

골프는 결국 자신과의 싸움이다. 꾸준히 노력하면 반드시 한 단계 더 높은 수준으로 도약할 수 있다. 이런 과정에서 생애 동안 기억에 남는 행운의 기록, Single, Eagle, Best Score, Hole-in-one, age shoot 등의 기록도 누릴 수 있다. 골프의 생리가 인생사와 꼭 닮았다고 한다. 인생 역전이나 기업 경영에 비유하기도 한다.

필드 공략을 위한 저마다의 전략도 꼭 필요하다. 보기골퍼들의 염원인 싱글골퍼로 행운의 기록을 이루길 바란다.

풍요로운 삶, 예술과 운동

가난한 집안에서 자란 나의 어린 시절은 물질적으로는 결코 풍족하지 않았다. 지금 생각해 보면, 그때의 가난이 오히려 내 인생을 더욱 풍요롭게 만든 밑거름이 되었다고 생각한다. 부모님께서 물려주신 것은 재산이 아닌 긍정적인 마음가짐과 도전 정신이었다. 그것이 내가 음악과 미술, 체육을 사랑하게 된 첫 시작이었다.

어려운 형편 속에서도 나는 항상 즐거움을 찾아 나섰다. 산과 들을 뛰어다니며 자연스럽게 체력을 키웠고, 흙을 빚고 나무를 자르며 만들었던 장난감들은 내 첫 미술 작품이 되었다. 마을 어른들께서 부르던 민요는 내 첫 음악 수업이었다. 가난 때문에 소극적이거나 즐기지 못한다고 생각지 않았다. 나는 오히려 그 속에서 더 큰 창의력과 열정을 키워나갔다.

청소년기에 들어서면서 나는 더욱 적극적으로 예능과 체육 활동에 참여했다. 여가생활을 통하여 노래를 배우고, 그림을 좋아하면서 내 안의 작은 재능을 깨우는 계기가 되었다. 운동장에서 친구들과 뛰어 노는 체육시간은 언제나 내가 가장 기다리던 시간이었다. 그때는 몰랐지만, 이러한 경험들이 훗날 내 삶을 풍요롭게 만들어 주었다.

직장생활을 하면서도 테니스, 골프, 탁구, 등산, 그림그리기, 트로트를 즐겼다. 이렇게 다양한 취미생활은 각박한 도시생활이 주는 스트레스를 줄이고 건강을 다지는 내 삶의 오아시스가 되어 주었다.

퇴직 후 생활에 여유가 생겨, 하고 싶었던 체육 활동을 즐길 수 있으니 건강에도 도움이 됐다. 아침에는 공원을 산책하며 체력을 단련하고, 오전에는 그림을 그리며 소소한 즐거움을 누렸다. 오후에는 음악과 찬양으로 마음을 채우고, 가끔은 친구들과 스크린 골프나 만보걷기를 실천하며 건강을 다진다.

현대사회는 빠르게 변화하고 있다. 기술은 발전하고 생활은 편리해졌지만, 그만큼 사람들의 마음은 메말라가고 있다. 특히 노년기에 접어들면서 많은 이들이 고독과 무력감을 느낀다. 하지만 예능과 체육은 이러한 문제를 해결할 수 있는 좋은 동반자가 될 수 있다. 스스로 재미를 느끼며 실천하는 것이 인생 후반기에 더없이 행복한 삶을 사는 길이라 생각한다.

음악은 우리의 감성을 풍부하게 하고, 미술은 창의적 표현을 통해 일상의 즐거움을 더해주며, 체육은 육체적 건강뿐만 아니라 정신적 건강까지 지켜준다. 이것들은 단순한 취미 활동이 아닌, 우리의 삶을 완성하는 필수요소다. 특히 은퇴 후의 긴 시간을 어떻게 보낼 것인가 하는 문제에 있어 이보다 더 좋은 벗은 없다.

지금도 나는 매일 새로운 것을 배우며 살아간다. 나이는 숫자에 불과하다는 말처럼, 예능과 운동을 즐기는 데는 나이 제한이 없다. 오히려 나이가 들수록 이러한 활동들이 주는 기쁨과 보람은 더욱 커진다. 젊은이들에게 권하고 싶다. 지금부터라도 음악, 미술, 체육에 관심을 가져보라고. 그것은 미래의 자신을 위한 가장 현명한 투자가 될 것이다.

인생의 성공이란 부와 명예만을 의미하지 않는다. 진정한 성공은 나이가 들어서도 매일을 즐겁게 살아갈 수 있는 것, 새로운 것을 배우며 성장할 수 있는 것, 그리고 건강하고 행복한 마음으로 살아가는 것이다. 예능과 운동은 바로 그런 삶으로 우리를 인도하는 든든한 길잡이가 되어줄 것이다.

설악산 공룡능선

가족 나들이

5장

가족의 이야기

어머니의 아들 사랑

　전쟁과 가난이 휩쓸고 간 그 시절의 기억은 아직도 선명하다. 모든 것이 부족했던 삶이었지만, 어머니의 사랑만은 결코 허물어지지 않았다. 끼니를 걱정해야 했던 촉박하고, 암울한 시기에 자식들을 위하여 몸을 태워 애쓰시던, 어머니의 마음은 과연 어디에서 왔을까? 지금도 나는 그 질문을 자주 되새겨본다.

　계절이 바뀔 때마다 어머니의 발걸음은 더욱 분주하셨다. 봄이면 아직 차가운 대지를 더듬어 냉이와 달래를 캐고, 여름이면 험한 산비탈을 오르며 쑥과 산나물을 캐오셨다. 가을이면 도토리와 밤을 주우러 새벽부터 산을 오르내리셨다. 그렇게 캐온 나물과 열매들로 자식들의 배를 채워 주셨다.

어머니의 거친 손등에는 그 시절 고생한 흔적이 깊게 새겨져 있었지만, 그 손길만은 언제나 따뜻했다. 어린 시절, 나는 그런 어머니를 지켜보며 마음 한편에 단단한 다짐을 되새겼다. '어머니를 기쁘게 해드리고 싶다', '힘이 되어 드리고 싶다'는 마음이 간절했다.

그 마음은 내 성장의 원동력이 되었다. 밤이면 호롱불 아래에서 자식들의 해진 옷을 기우시던 어머니의 모습을 보며, 나는 더욱 단단히 마음을 먹었다. 어떤 어려움이 있어도 공부를 열심히 하여 취직해서 돈 벌어 가정을 도와야겠다는 것이 나의 유일한 희망이자 목표였다.

장날이면 어머니는 장보따리를 머리에 이고 십 리 길을 걸어 다니셨다. 비가 오나 눈이 오나, 발걸음은 결코 멈추지 않았다. 채소 몇 단을 팔아 가족의 생활비를 보태시던 어머니는, 공부하라고 다그치시지도 않으셨다.

그런 어머니는 가슴에 한 시대의 가난과 애환을 가슴에 고스란히 품고 사셨다. 나는 고등학교 시절부터 아르바이트를 시작했고, 대학에 들어가서는 가정교사로 학비를 마련하면서 학업을 이어갔다. 힘들 때마다 나를 지탱해 준 것은 어머니의 드러내지 않는 자식을 향한 사랑과 믿음, 무언의 보살핌이었다.

겨울밤 자식들의 추위는 당신의 몸으로 덮어 주시고, 변변찮은 담요로 밤을 지새우셨다. 새벽녘 차가운 온돌방 군불을 때주시고, 보리밥 누룽지 끓여주시던 그 따뜻한 어머니의 마음을 떠올리면, 어떤 어려움도 이겨낼 수 있었다.

어머니의 사랑은 끝없이 솟는 우물같이 퍼내도 퍼내도 마르지 않았다. 가난과 전쟁도, 시대의 아픔도 막을 수 없었다. 오히려 시련이 커질수록 어머니의 사랑은 더욱 깊어만 갔다. 그 헌신적인 모성애가 있었기에 오늘의 내가 있다고, 능히 고백할 수 있다.

자식을 품에 안은 순간부터 어머니만이 지닌 본능이자, 천성에서 비롯된 것일지도 모른다. 어머니의 희생과 사랑은 나의 삶을 지탱하는 뿌리였고, 늘 내 곁을 밝혀주신 빛이었다. 마침내 오늘을 행복하게 살 수 있는 근간을 이루었다.

자식에게 꾸중 한마디 없으셨던 무던하신 어머님, 꿈속에서나마 자주 뵙고 싶다. 때로는 젊은 시절의 모습으로, 때로는 마지막 뵈었던 그 모습 그대로, 따뜻한 미소를 보고 싶다. 지금도 어머니를 생각하면 눈시울이 절로 젖어 온다. 그러나 마음은 이상하게도 편안하다. 내가 받은 어머니의 사랑은 너무 크고 깊었다.

'어머니. 그 사랑의 보답을 무언으로 주신 유언처럼, 제 가슴에 담아 후대에게 전할게요.' 어머니는 분명 하늘에서도 흐뭇해하실 것이다. 그 믿음은 나를 더욱 열심히 살아가게 하는 힘이 됐다.

어머니의 사랑은 이제 시대를 넘어, 세대를 넘어, 영원히 우리 가슴속에 살아 있을 것이다. 그 시절 어머니들의 헌신적인 사랑은 나라 발전의 근간도 되었고, 우리가 누리는 풍요의 밑거름도 되었다.

어머니의 숭고한 희생과 사랑의 깊이는 어떤 말로도 충분히 표현할 수 없다. 지금도 내 마음 깊은 곳에는 어머니의 따스한 온기가 퍼져 있다.

"어머니, 감사합니다. 천국에서 만나요."

짧은 한마디로 평생의 사랑과 그리움을 담아본다.

아들과 만든 봄날의 추억

　둘째 아들 정기와 함께 현대그룹에서 주최하는 5월 어린이날 미술 실기대회에 참석했다. 그때 아들은 초등학교 4학년이었다. 정기는 어릴 때부터 미술에 남다른 흥미를 보였고, 자신의 생각과 감정을 그림으로 표현하는 것을 좋아했다. 그래서인지 이번 대회 참가에 어느 때보다 들뜬 모습이었다.

　마북리 현대인재개발원 잔디구장에는 현대그룹사 직원 가족 약 천 명이 손에 손을 잡고 봄 소풍을 즐기듯 가벼운 차림으로 모여들었다. 잔디 구장에는 어린이들의 재잘거림과 웃음소리가 봄바람을 타고 퍼졌다. 화창한 봄 날씨가 대회장의 분위기를 한껏 고조시켰다. 흐드러지게 핀 벚꽃은 바람에 흩날리고 진분홍 복사꽃은 광장 언덕을 짙게 물들였다. 발 아래 펼쳐진 푸른 잔디밭은 갓 깎은 듯 싱그러운 풀 향기를 풍겼다. 맑고 푸른 하늘과 어울려 마치 무릉도원을 연상케 했다. 이 아름다운 자연 품 안에서 샛별 같은 고사리손으로 어떤 그림을 그릴지 기대도 되었다.

그림의 주제는 "아름다운 봄 경치"를 자유롭게 그리는 것이었다. 정기는 언제나 그랬듯 자신만의 방식으로 그림을 그리기 시작했다. 아들의 그림을 직접 도와주고 싶었지만, 나는 마음속으로 묵묵히 응원할 뿐이었다. 아들의 창의성을 존중하는 것이 중요하다고 생각했기 때문이다.

정기는 주변의 건물과 경치를 그리는 데 집중했다. 붓놀림은 진지했고, 마치 색을 통해 자연과 소통하는 듯한 모습이었다. 때로는 고개를 갸우뚱거리며 그림을 바라보다가, 다시 열중하여 붓을 움직이는 모습이 인상적이었다. 그 모습을 보며 나는 아들의 예술적 재능이 피어남을 느낄 수 있었다.

그림을 마무리하고 가족과 함께 둘러앉아 준비해 온 점심을 먹는 동안, 심사위원들은 제출한 그림을 평가하고 있었다. 정기는 식사 중에도 자신의 그림에 대해 말없이 기대하는 눈치였다. 그동안 외부 실기대회에 참가한 경험이 없었던 터라, 우리 부부는 혹시나 하는 마음에 노심초사했다. 기대 반 걱정 반이었던 시간이 흘러갔다.

발표 시간이 가까워지면서 무슨 상이든 하나는 받아야 한다는 생각에 마음이 조마조마했다. 드디어 수상자 발표가 시작되었고, 우리 가족은 모두 숨을 죽인 채 귀를 기울이고 있었다.

수십 명의 장려상과 우수상 수상자들이 차례로 호명되었지만, 백정기 이름은 들리지 않았다. 아들은 물론이고 나 역시 점점 불안한 느낌이었다. 정기는 아마 자신이 상을 탈 거라고 믿었을 텐데, 이름이 불리지 않자 조급해하는 모습이 역력했다.

정기는 표정이 순간순간 변하는 것을 감추지 못했다. 처음에는 자신만만하던 얼굴이 점차 긴장으로 굳어갔고, 마지막엔 불안감이 스치는 듯했다. 손가락을 꼼지락거리며 고개를 푹 숙이고 애매한 잔디를 뜯고 있는 모습에, 나 역시 안타까운 마음을 금할 수 없었다. 아내와 눈빛을 교환하며 어떻게 아들을 위로해야 할지 고민하고 있던 참이었다.

그런데 바로 그때였다. "최우수상 백정기"라는 이름이 울려 퍼졌고, 정기는 순간적으로 자리를 박차고 일어나 뛰어나갔다. 그때 아들의 모습은 마치 산토끼가 인기척에 놀라 뒷발을 힘차게 차며 뛰어 달아나는 모습 같았다. 상기된 얼굴에는 기쁨이 가득했고, 그 모습은 오랜 시간 동안 내 기억에 남아 있다.

대상은 아니었지만 최우수상을 받았다는 사실은 그날의 긴장과 불안을 모두 떨쳐 버리기에 충분했다. 아들이 너무 좋아하는 모습을 보니 나 역시 가슴이 벅차올랐다. 최우수상을 받고 돌아오는 모습을 보며, 나는 정기가 훌륭한 화가가 되었으면 하는 꿈 같은 생각을 해보았다.

큰 대회에 참가하여 긴장 속에서 발표된 수상 소식이 주는 기쁨과 놀라움은 우리 가족에게 큰 감동이었다. 순간의 벅찬 감정은 지금도 생생하다. 아들의 성취를 함께 나누는 경험이 우리 가족을 더욱 가깝게 만들어 주었다.

세월이 흘러 수십 년이 지난 지금, 그날의 기적 같은 순간이 여전히 생생하다. 그때 아들의 어린 가슴에 움튼 예술적 재능이, 이제는 현대미술 작가로서 성장한 모습에서 결실을 맺고 있는 듯하다. 무한한 열정과 꿈을 향해 나아가는 모습을 지켜보는 것은 부모로서 더할 나위 없는 자부심과 기쁨이다.

아들은 미술계에서 자신의 자리를 다지며 현대미술 영역에서 활발히 활동하고 있다. 아들이 걸어온 길은 결코 순탄치 않았다. 수많은 고뇌와 작업 환경을 이겨내며 설치미술 작가로서 뚜벅뚜벅 걸어가는 끈질긴 모습을 보면서, 나는 한없이 대견한 마음을 품고 있다.

아들과 나는 미술이라는 공통된 언어로 서로의 삶을 이해하고, 예술을 통해 더욱 깊은 믿음으로 함께해 왔다. 나 역시 은퇴한 후 그림에 열정을 불태우며, 아들과 동행의 길을 걷고 있기 때문이다.

예술은 단지 개별적인 창작 활동에 머무르지 않고, 한 가족의 삶에 깊이 뿌리 내리는 중요한 요소로 작용하고 있다. 또한 가족을 결속시키고, 대를 이어 지향하는 가치를 공유해 가는 원동력이 된다. 예술은 우리 가족이 함께 걸어갈 미래를 더욱 아름답고 풍요롭게 만들어 줄 것이다.

황무지에서 태어난 예술인

　자신의 그림이 학교 교실 뒷벽에 붙여졌다는 사실이 아들의 가슴을 뿌듯하게 만들었고, 그림에 더 많은 자신감을 갖게 된 동기가 되었다.

　그 순간은 단순히 한 아이가 그림을 잘 그린다는 칭찬을 받은 경험뿐 아니라, 내면에서 예술에 대한 깊은 열정이 피어오르는 시작점이었다. 그림이 단순한 놀이를 넘어 삶의 중요한 부분이 되었고, 그림을 통해 세상을 표현하고 자신을 드러낼 수 있게 됐다.

　부모인 나 역시 아들의 미술에 관심을 갖고, 자라는 새싹을 정성 들여 키우는 심정으로 함께하는 시간을 보냈다. 이 과정에서 서로의 생각과 감정을 공유하며 그림에 대한 초보적 감각을 키워갔다. 미술이라는 공통된 관심사를 통해 더욱 가까워졌고, 서로의 예술적 세계를 존중하며 성장했다.

그것은 가족 간의 유대감을 키우고, 개인의 정체성을 형성하며, 나아가 자신의 삶을 어떻게 살아갈 것인가에 대한 방향성을 제시하는 중요한 요소로 작용했다. 예술과 삶이 어떻게 맞닿아 있고, 그 관계와 가치가 어떤 의미를 지니는지 살펴봤다.

정기는 어릴 때부터 조용하고 사색적인 아이였다. 자신의 내면을 깊이 탐구하며 스스로에게 몰입하는 시간을 많이 가졌다. 이러한 성향은 자연스럽게 예술 세계로 이끌었고, 초등학교 4학년 무렵에 첫 번째 중요한 경험을 하게 됐다.

아들은 이러한 여정에 이어서 예술고등학교에서 미술을 전공하게 됐다. 나도 은퇴 후 그림을 시작했다. 비록 직장생활로 인해 오랫동안 그림과 거리를 두고 있었지만, 은퇴 후 그림을 그리며 나의 삶을 취미생활로 채워나갔다.

이는 예술이 단순히 특정 시기에만 집중되는 활동이 아니라, 일생을 통해 언제든 새로운 시작을 할 수 있는 활동임을 보여준다. 예술은 나이와 상관없이 우리에게 늘 새로운 도전을 제공하고, 삶의 다양한 면모를 더욱 풍요롭게 만들어 줬다.

나는 오랜 시간 노력 끝에 작가로서의 삶을 시작했고, 이 과정에서 나만의 방식으로 행복을 찾아갔다. 정기 또한 현대미술 작가로 성장해 대학교수로 활동하며 예술 세계를 추구했다. 부자 간의 공통된 예술적 열정은 삶을 더욱 의미 있고 가치 있게 만들어 주었다.

예술은 삶을 표현하는 하나의 언어이며, 인간의 감정과 생각을 시각적으로 구현해 내는 도구이다. 우리를 타인과 연결시켜 주고, 때로는 혼자만의 세계로 깊이 들어가게 한다. 우리가 살아가는 동안 겪는 모든 경험을 표현하고 기록하며, 그것을 통해 더 행복한 미래를 꿈꿀 수 있게 한다.

이렇듯 예술과 삶은 서로를 풍요롭게 하는 관계에 있다. 자신의 내면을 탐구하고, 세상과 소통하며, 더 나아가 의미 있는 삶을 영위할 수 있는 무한한 힘도 얻는다.

양지뜸 손님

은산면사무소에 품위 있게 차려 입은 두 여인이 찾아왔다. 서울에서 온 듯 세련된 차림새인 한 여인이 말했다.

"죄송합니다만, 백남홍이라는 청년의 호적을 열람할 수 있을까요?"

딸의 배우자를 정하는 일이니, 예비사위가 될 사람의 신원을 꼼꼼히 확인하고 싶은 어머니의 마음이었으리라.

그런데 뜻밖에도 면사무소 직원은 눈치를 알아챈 듯 대답이 술술 나왔다.

"호적을 보실 필요가 없습니다. 그분은 바로 초등학교 선배인데, 우리 고장에서 성실하고 똑똑한 분이고, 서울에서 명문 대학을 나온 몇 안 되는 분으로, 사윗감으로 최고지유~."

면사무소 직원의 대답은 예비 장모님의 마음을 한결 가볍게 해주었다.

당시 장모님은 그 말에 안심이 되셨지만, 이왕 여기까지 왔으니, 총각의 어머니를 뵙고 가자는 맘으로 택시를 타고 회곡리 마을회관 앞에 내리셨다.

택시기사가 마을 한 아주머니께 "백씨 댁을 찾는데요?"라고 묻자, 곱게 차려입은 손님을 보고 시골 아낙들의 수군거림이 귀에 들렸다.

"백 서방네 막내아들 혼인 소문이 있다더니, 서울에서 손님이 오셨는가 봐유~."

머뭇거리던 한 아주머니가 같이 가시자고 앞장을 섰다.

갑자기 마을 아낙들의 관심으로 온 동네가 들썩였다.

산모퉁이를 돌아서자 올려다보이는 마을에 10여 채의 초가집이 옹기종기 모여 있었다. 집 뒤로는 골짜기가 있는 야트막한 산으로 둘러싸여서 햇살 가득한 남향의 전형적인 시골 마을이었다. 예부터 불려오는 이름이 '양지뜸'이라고 귀띔도 해 주었다.

"저기 보이는 오르막 집이 찾으시는 백 서방 막내아들네 집이유~."

마을 아낙은 앞장서 친절하게 안내해 주었다.

개 짖는 소리 하나 없는 적막한 양지뜸, 햇살이 가득한 마을 전체에 정이 묻어나는 풍경이었다. 오르막길을 걸어 공동 우물을 지나는 동안, 이웃 아주머니들의 재담 소리가 귀에 들렸다.

"그 아들은 어려서부터 공부도 잘하고 홀몸이신 어머니에 효심도 지극하고, 동네 어른들의 칭찬이 많았었지유~."

여기저기서 들리는 이웃들의 평판이 예비 장모님의 마음을 한결 든든하게 해주었다.

드디어 집에 도착했다. 마침 어머니는 마당에서 가을걷이를 하다가 갑자기 귀한 손님을 맞이하셨다. 장모님께서는 말씀이 적으신 분이라, 여러 마디 묻지 않으셨을 것이다. 오로지 어머니의 막내아들 자랑만 들으셨을 것이다. 어머님과 짧은 만남이었지만 돌아오는 길에 장모님 마음속에는 이미 사위로 정했는지도 모른다.

후일 아내는 나에게 "마을 꼭대기 집이더라. 어머니께서는 따뜻한 인품이 묻어나는 촌로 어머니상이고, 막내아들의 기상과 성품은 어머니를 닮은 것 같더라"라는 얘기를 전했다.

이미 나와 아내는 결혼을 염두에 두고 자주 만나고 있을 때였다. 장모님께서는 미심쩍은 것이 있으셨을까? 아마 확인하고 허락하시려는 의중이셨을 것이다. 나중에 느꼈지만 장모님께서는 모든 일에 신중하시고 확실한 분이셨다. 한마디로 그 옛날 은행

원 출신답게 계산도, 인품도 정확한 분이셨다. 그해 늦은 가을에 약혼식을 치르고, 이듬해 결혼식을 올렸다.

시골 은산면사무소부터 양지뜸 마을까지, 그날의 발걸음이 결국 한 가정의 소중한 인연을 만들어낸 것이다. 장모님께서는 그 시대에는 드물게 자녀교육에 열정적이었고 자식 사랑이 지나칠 정도였으며, 사위에 대한 신뢰와 사랑도 한결같으셨다.

천국에 계신 장모님에게 사랑하는 마음을 전할 수는 없지만, 삶 가운데 기쁘거나 힘들 때마다 우리 부부는 장모님이 항상 기뻐하시도록 정직하게 살겠다는 마음만을 다짐하며 살아왔다.

좋은 세상, 좀 더 사셨으면 성장하는 손자, 손녀에 증손까지도 보시고 더 행복해하셨을 텐데…. 양지뜸 마을의 따스한 가을 햇살처럼 장모님의 사랑과 믿음은 여전히 우리 가정을 비추고 계신다.

"장모님 그립습니다."

가족을 묶는 윷놀이

인류 최초의 공동체는 가족이다. 가족은 수평으로는 부부, 수직으로는 부모와 자식의 관계로 이루어져 있다. 가족의 놀이 '윷놀이'에 대한 추억이다. 우리 가족은 명절 추석이나 설날이 되면 전통놀이로 윷놀이를 하는 게 습관화된 지 오래다. 손자들이 어릴 때부터 시작해 대학생이 됐으니, 10년이 훨씬 넘은 것 같다. 올해는 새며느리까지 합세하여, 온 가족의 멈출 수 없는 웃음소리가 이웃집까지 넘칠 정도로 즐거운 시간을 보냈다.

한민족의 전통놀이인 윷놀이는 고대 시대부터 전해 내려왔다고 한다. 고구려 고분 벽화에서 발견된 윷놀이 흔적은 이미 수천 년 전부터 우리 조상들이 윷놀이를 즐겼음을 보여준다. 농경사회에서 풍년을 기원하는 놀이로 시작되었다고 한다. 명절과 농한기를 이용하여 가족과 이웃이 함께 모여서 즐길 수 있는 최고의 전통놀이이다.

나무로 만든 윷가락 4개와 윷판만 있으면 되니 윷놀이는 큰 기술이 필요 없다. 윷의 둥근 등과 평평한 배는 하늘과 땅을 상징하며, 말이 이동하는 과정은 한 해 농사의 여정을 꼭 닮았다. 봄날 씨앗을 뿌리고, 여름의 무성한 성장을 거쳐, 가을의 풍성한 수확에 이르는 농경의 순환이 윷판 위에 고스란히 담겨 있다. 이처럼 윷놀이는 우리 조상들의 자연관과 삶의 지혜를 품고 있는 문화적 집합체이다.

네 개의 윷가락을 던져 도, 개, 걸, 윷, 모, 퇴토 등 확률에 따라 나오는 결과로 말판에 4개의 말이 먼저 지정된 골인 지점을 통과하는 것으로 승부를 가린다. 손자들에게 어릴 때부터 윷 만드는 것부터 체험을 하게 했다. 윷을 만들기에 적당한 나뭇가지를 고르고 자르며 깎기까지 직접 함께 했다. 성장하면서 손에 맞는 윷의 크기에 따라 세 종류나 있으니, 그동안 우리 가족의 윷놀이 역사를 짐작할 수 있다.

편을 나누는 몫은 가장인 내가 주로 결정한다. 간단한 내기를 정하며 먹거리를 사다 먹기도 했다. 남은 돈은 손자들에게 나누어 준다. 실컷 놀이를 경험하고 재미있게 놀고 나서 용돈도 생겼으니, 손자들은 다음 명절을 기대하는 마음을 간직하며 꽤 기뻐

했다. 큰 손자는 어려서부터 말판을 놓는 데 머리 회전이 어른보다 빠른 판단을 보일 때가 있어 놀랍기도 했다.

매년 윷놀이를 할 기회마다 편을 바꾸는데, 같은 편끼리 말판 두는 전략도 함께 논의하면서 화합과 단결을 다진다. 승부를 가리는 과정에서 상대편 말을 죽이고, 살며 예측할 수 없는 변화로 즐거움을 준다. 경험에 관계없이 놀이에 동참할 수 있고 바로 동화될 수 있어, 친척들과 즐기기에 좋은 놀이다.

가족은 사람의 감정 중 빛나는 사랑으로 엮여 있는 따뜻한 연대이다. 연대의식의 강화로 딱 맞춤인 윷놀이는 운과 전략이 절묘하게 조화를 이룬다. 윷놀이의 특성상 모든 참여자에게 승리의 기회를 제공한다. 때로는 초등학생이 할아버지를 이기고, 며느리가 시어머니를 제압하는 재미있는 상황이 연출된다. 이런 예측 불가한 승패의 결과야말로 윷놀이가 사랑받아 온 비결일 것이다.

대가족 제도하에 이런 명절놀이를 통해서 가족 간의 우애와 화목을 다졌던 조상들의 지혜를 느낄 수 있는 놀이다. 놀이 과정에서 참가자들은 서로 소통하고 협력하며 경쟁하면서 자연스럽게 유대감을 강화할 수 있다. 예측할 수 없는 결과에 대한 긴장감과 상황 변화는 재미를 더해 준다.

윷놀이는 전략적인 사고를 요구하는 게임이다. 때로는 유리했던 상황에서 단번에 패배할 수 있는 경우가 생긴다. 희비가 전환되는 순간이 올 때의 분위기는 흥분의 도가니로 변한다. 불리한 상황에서도 포기하지 않고 끈기 있게 도전할 때 새로운 성공의 기회가 오기도 한다.

현대사회에서도 윷놀이는 여전히 귀중한 가치를 지닌다. 한민족의 정체성과 문화, 역사를 담고 있는 소중한 유산으로 남아 있다. 조상들의 지혜와 문화를 배우며 공동체의 결속력을 다지는 기회가 된다. 스트레스를 해소하고 인내심과 끈기를 배울 수 있는 좋은 놀이다.

어릴 때 새해맞이 윷놀이를 즐겼던 기억이 새롭다. 농촌에서는 설날부터 보름까지를 설 명절 기간으로 지낸다. 정월 보름날에 풍년을 기약하는 윷놀이 대회를 열며 마을 축제를 갖는 풍습이 있었다. 세월은 변해도 윷놀이의 게임룰은 변한 게 없다. 열띤 분위기와 재미도 그대로 예나 지금이나 다름없다. 어른들께서 동네가 떠나가도록 떠들썩하게 윷놀이하는 모습이 아직도 생생하다.

가족은 하늘이 만들어 준 유일한 공동체이다. 디지털 기기가 가정을 장악한 지금, 학업 스트레스와 스마트폰 게임에서 잠시라도 쉼을 얻을 수 있게 집안 어른들이 솔선수범하여 다가오는 명절부터 손자, 손녀와 윷과 말판을 같이 준비하고 온 가족이 함께 전통 윷놀이를 해보는 것이 어떨까?

아들, 며느리, 손자들에게 쓴 편지

큰 아들, 며느리에게

네가 이 세상에 태어나던 날, 엄마는 긴 시간의 진통을 견뎠 단다. 심상찮은 두상과 체격을 갖고 태어났을 때, 아빠가 된 나 는 기쁨과 뿌듯함이 최고였단다. 어릴 때, 엄마가 동화책을 넘 기면 술술 읽던 너, 외갓집 뒷마당에서 눈사람을 만들며 해맑게 웃던 너, 개울에서 가재를 잡던 너, 그리고 입대하던 날 끝내 참 지 못하고 쏟아냈던 너의 눈물까지…, 모두 선명하게 기억난다.

세월은 참 빠르구나! 어느새 손자 우현이와 주현이가 씩씩한 대학생이 되어 우리 가족에 큰 기쁨과 희망이 되어 주었다. 이 모든 것이 하나님의 은혜요, 너희가 이룬 수고의 열매임을 안다. 자녀들을 훌륭히 키워낸 큰 며느리에게 고맙고 참 대견하다.

이제 너희는 인생의 가장 빛나는 시기를 앞에 두고 있다. 가정을 이끌면서 삶을 깊이 있게 가꾸어야 할 이 시점에, 몇 가지 마음을 담아 당부하고 싶구나.

신앙을 삶의 중심에 두어라. 하루를 말씀과 기도로 열고, 감사로 마무리하라. 믿음은 너희 가정을 지키는 가장 든든한 반석이 되어 줄 것이다.

이웃과도 따뜻하게 지내라. 주변 사람과의 인연은 너희 삶을 더욱 풍성하게 만들어 줄 것이다.

건강을 최우선으로 삼아라. 과로와 무리를 피하고, 몸과 마음을 꾸준히 돌보아야 한다. 몸이 건강해야 사랑하는 사람과 오래 함께할 수 있다.

서로를 소중히 여겨라. 가정은 가장 든든한 울타리다. 사랑하고 존중하며, 작은 것에도 감사하는 마음을 잊지 말라. 부부는 평생을 함께 걸어가는 벗이다.

미래를 준비하라. 하고 싶은 일을 찾아 즐기고, 의미 있는 시간을 쌓아가길 바란다. 단순히 오래 사는 것보다 하루를 보람 있게 살아가는 것이 더 중요하다.

사랑하는 아들아, 며느리야! 앞으로의 시간들이 지금보다 더 빛나고 행복하기를 바란다. 늘 건강하고 감사하는 마음으로 살아가기를 부탁한다. 진심으로 기도하고 응원한다.

너희를 사랑하는 아버지가

작은 아들, 며느리에게

정기야! 고생 많았다. 예술가로서 외롭고 힘든 순간들이 많았지만 열정 하나만으로 지금까지 걸어온 너를 응원한다. 아버지가 그림에 관심이 많았으니 형보다 너를 훨씬 가까이했던 것 같다.

어릴 때 석고 작품, 손모양을 만든다고 밤늦게까지 잠도 설치며 함께했던 일, 초딩 친구들이 좋아했던 마징가Z를 그려주던 일, 영국에서 공부할 때 아버지, 엄마와 함께 여행했던 일, 광주 목동 작업실을 다니며 고생하던 일, 설치 작품 해체하며 쓰레기 처리하던 일, 작품을 위하여 진도 현지 조사차 여행하던 일, 설악산과 지리산, 월출산을 등산했던 일…, 너와 숨은 이야기는 너무나 많구나!

너를 돕겠다는 마음이었지만 한편으로 생각해 보면 아버지가 하고 싶었던 일을 함께했던 것 같다. 참 재미있고 즐거운 시간이었다. 어쩌면 너와 함께하는 게 편했던 것 같다는 생각도 든다.

예술인으로 살아간다는 것은 어렵고 험난한 길일 거다.

너는 그 길을 스스로 선택했고, 지금까지 정진하는 모습에 박수를 보낸다. 첼로 연주자인 아내를 맞이하여 알콩달콩 살아가는 게 보기 좋고 기쁘다. 미술과 음악, 예술 가족의 출발은 더없는 가문의 영광이며 하나님의 축복이다.

한마디 전하고 싶다. AI 시대가 인간의 삶을 바꾸어 가는 세상을 살고 있다. 작품 속에는 네가 살아온 경험과 철학, 그리고 미래를 향한 통찰이 담길 것이다.

끊임없는 도전으로 너만의 독창적이고 진정성 있는 예술 세계를 더욱 깊이 있게 만들어 가라.

경험과 철학을 후배 제자들에게 나누어 주어라. 네 작품을 통해 함께 고민하고 소통하며, 여러 사람들에게 선한 영향력을 미치도록 노력하는 일을 중요하게 생각해라. 언제나 너를 응원하련다.

너희를 사랑하는 아버지가

사랑하는 손자에게

사랑하는 손자들아! 너희는 할아버지가 살아온 시대보다 훨씬 더 많은 가능성과 기회를 가진 세상에서 살아가고 있다. 스스로를 믿고 너희만의 길을 스스로 개척해 나가길 바란다. 그리고 어떤 순간에도 부모님을 기쁘게 해 드려라. 가족과 사랑하는 사람들을 잊지 말아라. 나는 언제나 너희를 응원하고, 너희가 자랑스럽다.

너희가 대학에 입학하여 새로운 배움과 도전을 시작한 것이 엊그제 같은데, 세상은 하루가 다르게 변하고 있다. 어떤 시대가 오든지 변하지 않는 가치가 있음을 기억하며, 너희에게 몇 가지 당부하고 싶은 말이 있다.

배움을 게을리 하지 마라. 대학에서 배우는 지식은 단순한 정보가 아니라 세상을 함께 사는 방법을 배우는 거다. 전공 공부도 중요하지만 그보다 더 중요한 것은 '배우는 자세'다. AI가 인간의 많은 일을 대신하는 시대가 오고 있지만, 결국 새로운 가치를 창조하는 역할은 사람에게 있다. 지식뿐만 아니라 지혜를 기르는 사람이 되어라.

사람을 소중히 여겨라. 아무리 똑똑하고 실력이 뛰어나도 혼자서는 큰일을 이루기 어렵다. 좋은 친구, 훌륭한 스승, 신뢰할 수 있는 동료들과 함께할 때 더 멀리, 더 높이 날 수 있다. 인간

관계는 단순한 인맥이 아니다. 사람을 진심으로 대하고, 베풀 줄 아는 사람이 되길 바란다.

용기를 가지고 도전하라. 두려움 때문에 주저앉지 말고, 새로운 길을 개척하는 용기를 가져라. 실패는 부끄러운 것이 아니라 성장 과정이다. 세상에서는 부딪치고 도전하는 사람만이 새로운 미래를 만든다.

따뜻한 마음을 잃지 마라. 세상이 아무리 발전해도 결국 인간을 빛나게 하는 것은 따뜻한 마음과 올바른 가치관이다. 돈이나 명예보다 더 중요한 것은 정직하고 배려하며 이웃과 사회에 선한 영향을 주는 사람이다.

사랑하는 우현이, 주현아!

세상에 마음껏 뛰어 나가라. 젊어서 고생은 사서도 한단다. 할아버지는 너희들을 기쁨을 주는 울림통으로 생각한다.

그리고 할아버지, 할머니 자주 만나 밥 먹고 놀자.

너희를 사랑하는 할아버지가

백씨의 뿌리를 찾아서

1. 백씨白氏 시조의 호는 송계松溪, 이름은 백우경白宇經이시다.
2. 시조 송계공 이후 1200여 년 동안 50대손 역사를 지나면서 후손의 수가 30만 명이 된다.
3. 총 29개 분파 중 '문간공파文簡公派'이며, 본은 '水原 백씨'이다.
4. 모시는 윗대 조상님은 제24대이며 함자는 동주東周이시다.

우리 백씨白氏 가문의 시조이신 송계松溪 백우경白宇經공께서는 고려 시대에 태어나 학식과 덕망이 많으신 분으로, 충의와 절개를 지키며 나라에 큰 공헌을 하셨다. 후손들은 이러한 시조의 정신을 이어받아 다양한 분야에서 빛나는 업적을 남기며 가문의 명예를 이어왔다.

우리 본관인 수원水原은 예로부터 충절과 학문의 고장으로 알려져 있으며, 백씨 가문은 조선 시대에 이르러 문무를 겸비한 인물들을 다수 배출하였다. 특히 문간공文簡公, 백문절白文節공과 같은 훌륭한 조상님들께서 나라를 위해 헌신하셨으며, 그 후손들은 각 시대마다 사회와 국가 발전에 기여해 왔다.

백씨 가문은 오랜 역사 속에서 학문과 충절을 중시하며 살아왔다. 이는 후손들이 반드시 기억하고 계승해야 할 소중한 정신적 유산이다. 오늘날 우리는 급변하는 시대 속에서 살아가고 있지만, 우리 가문의 뿌리와 전통을 잊지 않고 이를 바탕으로 더 나은 미래를 열어가야 한다.

조상들의 얼을 기리고 후손들에게 우리의 뿌리를 올바로 전하는 것은 중요한 책무이다. 백씨 가문의 일원으로서 우리는 조상의 업적을 되새기며, 현대사회에서 가문의 정신을 어떻게 실천할 것인지 고민해야 한다. 우리의 뿌리를 깊이 새기고, 이를 바탕으로 각자의 자리에서 최선을 다하는 것이야말로 진정한 백씨의 후손으로서의 도리일 것이다.

역사적으로 백씨의 기원은 다양한 설이 존재하지만, 가장 유력한 기원 중 하나는 고대 백제百濟 왕족에서 비롯되었다는 것이다. 백제 멸망 후 후손들이 성을 유지하며 다양한 지역으로 퍼져 나갔고, 오늘날에도 백씨 가문은 각지에서 그 명맥을 이어가고 있다.

** 참고 **

1. 우리 윗대는 남포 동주께서 낳은 아들 3형제 중 막내 봉진 할아버지이다. 봉진께서 독자 호수를 낳고, 호수께서 독자 낙실를 낳고, 낙실 할아버지가 4형제를 두셨다.

2. 낙실 할아버지께서는 충남 보령 남포에서 태어나셨으며 20대 때 부여 은산 대양리 친척집에 사셨고 부여 은산 회곡리로 장가오셔 사셨다.

3. 지난번(2023년 봄) 남포에서 봉진 내외분 묘에 호수 내외분 묘 4분을 합장으로 모셨다.

4. 낙실 할아버지·할머니 묘는 시골집 옆에 합장해 모셨다.

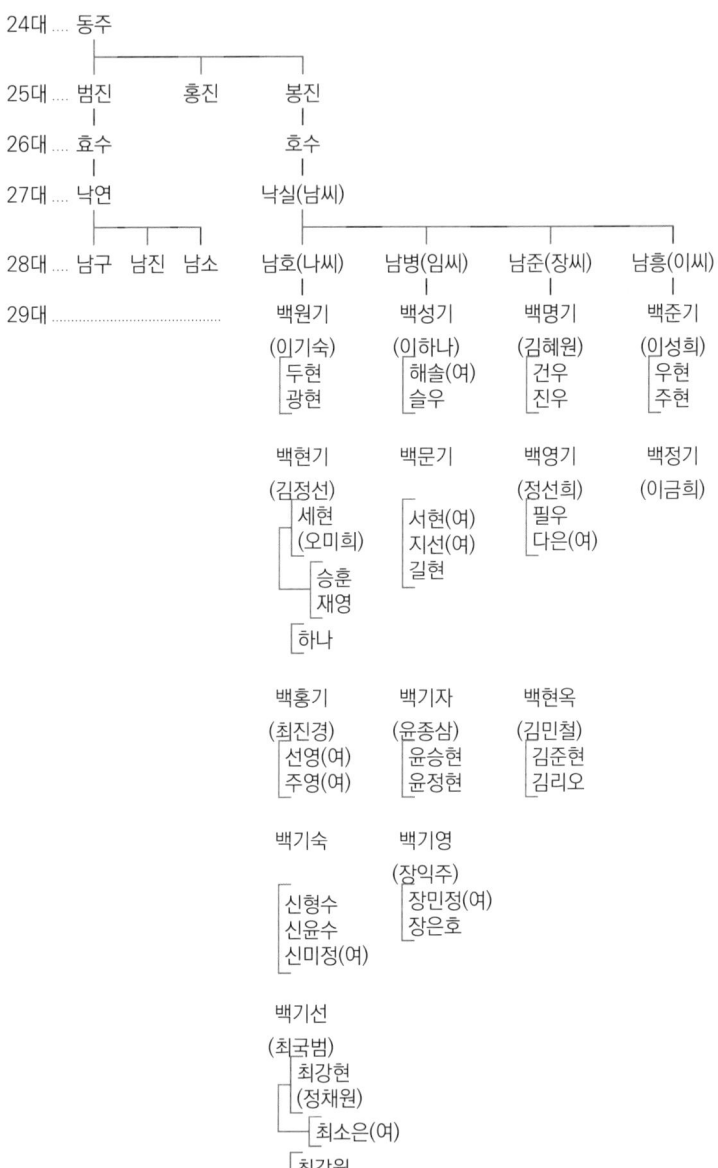

24대	.... 동주		
25대	.... 범진	홍진	봉진
26대	.... 효수		호수
27대	.... 낙연		낙실(남씨)
28대	.... 남구 남진 남소	남호(나씨)	남병(임씨) 남준(장씨) 남흥(이씨)
29대			

남호(나씨)
백원기
(이기숙)
두현
광현

백현기
(김정선)
세현
(오미희)
승훈
재영
하나

백홍기
(최진경)
선영(여)
주영(여)

백기숙
신형수
신윤수
신미정(여)

백기선
(최국범)
최강현
(정채원)
최소은(여)
최강원

남병(임씨)
백성기
(이하나)
해솔(여)
슬우

백문기
서현(여)
지선(여)
길현

백기자
(윤종삼)
윤승현
윤정현

백기영
(장익주)
장민정(여)
장은호

남준(장씨)
백명기
(김혜원)
건우
진우

백영기
(정선희)
필우
다은(여)

백현옥
(김민철)
김준현
김리오

남흥(이씨)
백준기
(이성희)
우현
주현

백정기
(이금희)

고향의 봄

東風露消息　香雪滿南枝

乙未立夏花節　白宇　白南興

6장

인생의 지혜와 성찰

사군자, 그 향기의 품격

　동식물 생명체에는 독특한 자신만의 냄새를 갖고 있다. 동물에게는 자신의 생존에 필요한 유일한 필요나 방어의 도구일 수 있다. 식물에 있어서는 번식을 위한 교묘한 전략으로 꽃에서 나는 냄새가 있으며, 이것을 향기라고 한다. 그러나 여기서 사람의 냄새를 말할 때는 체취가 아닌, 사람됨을 나타내는, 즉 '인품'이라 말한다.

　옛날부터 동양인은 덕성과 지성을 겸비한 학자들이 먹과 붓을 이용하여 그림 그리기를 좋아했다. 그중에서 매화梅花, 난蘭, 국화菊花, 대나무竹를 사군자라 말하는 묵화를 치며 학구에 열중했다.

20~30세까지는 인생을 봄으로 간주해, 기상을 나타내는 매화를 그렸다. 40세까지를 난과 같은 자세로, 60세까지를 국화와 같은 마음으로, 80세까지를 대나무 같은 절개로 삼아 사군자의 향기를 고루 갖추고 살기를 바랐다.

매화의 꽃말은 맑은 기상이다. 이른 봄의 추위를 무릅쓰고 제일 먼저 꽃을 피운다. 역경 속에서 고결함과 절개를 상징한다. 20살까지는 부모의 영향을 받고 자라는 것이 보통이다. 부모는 자손들이 매화와 같이 맑은 기상과 긍정적인 마음으로 난관을 이겨내며 희망을 잃지 않고 성장할 수 있도록 도와야 할 책임이 있다.

난의 꽃말은 고결함이다. 깊은 산골짜기 바위틈에서 은은한 향기를 내는 고고한 품격을 상징한다. 공자는 삼십이 이립離立이요, 사십은 불혹不惑이라 하여, 나이 30살에 모든 기초를 세워 홀로 서고, 40살에 사물의 이치를 터득하여 세상 유혹에 흔들리지 않았다고 하였다. 난과 같이 고상하고 겸손하게 자신만의 가치를 지키는 결백한 향기를 간직할 때란 뜻이다.

국화의 꽃말은 성실, 청결이다. 국화는 가을의 대표적인 꽃으로 모든 꽃이 지는 계절에 홀로 피어난다. 찬 서리에 모습이 아름답고 향기 그윽한 어떤 꽃들보다 으뜸이다. 자신의 신념을 지키며 진정성 있는 삶을 살아가는 60세까지는 지녀야 할 향기이다.

대나무의 꽃말은 지조와 절개이다. 사계절 변함없는 푸른 잎과 곧은 줄기로 푸름을 잃지 않는 꼿꼿한 청렴결백을 상징한다. 후학들에게 본이 되어야 할 유연함과 강인함을 상징한다. 인생의 막다른 어귀에서 뚜렷한 사상이나 철학 없이 오락가락하는 세태를 보면서 올바른 태도를 바라는 마음으로 대나무의 꽃말을 되새기게 된다.

사군자는 동아시아 문화유산으로 현대미술에서 중요한 부문을 차지하고 있다. 전통적인 기법을 벗어나 다양한 매체와 기법으로 재해석되고 있다. 사군자가 담고 있는 고결함과 절개, 품격의 가치는 현대사회에서 중요한 덕목으로 인정받고 있다. 사군자 그리기는 단순한 그림 기법을 넘어 인성교육과 예술교육의 도구로 널리 활용되고 있다.

불현듯 문인화 사군자를 배우고 싶은 열망이 솟는다. 옛 선비가 먹과 벼루 앞에서 붓을 놀리는 모습이 떠오른다. 청렴과 겸손함에 집중한 자세가 마음을 사로잡는다. 인생 후반의 문화생활에 적격인 문인화 사군자를 배울 것을 스스로 권장하는 이유는 뭘까?

우리 모두 맑은 기상과 고결함, 변함없는 절개와 사람 냄새, 인품의 향기를 풍기며 사군자답게 인생을 살았으면 좋겠다.

진정한 친구

우리는 종종 인생을 긴 여정에 비유한다. 그리고 이 여정의 종착지에 가까워질수록, 우리 곁에 함께 걸어가는 동반자의 존재가 더욱 소중하게 다가온다. 현대사회에서는 디지털 기술의 발달과 코로나19 팬데믹을 겪으며, 비대면 문화가 일상이 되었고, 이로 인해 진정한 인간관계의 형성이 더욱 어려워졌다.

한 사람의 소중한 친구가 필요한 시대다. 요즘은 건강과 친구가 제일 중요하다는 말이 무성하다. 어떠한 친구가 진정한 친구이며, 어떻게 진정한 친구를 가질 수 있을까? 진지하게 고민해 볼 일이다. 자주 만나는 친구를 '그냥 친구 사이다'라고 가볍게 생각하는 것부터 버려야 한다. 가까이 있는 친구부터 섬김을 다해야 한다.

급변하는 사회 속에서 노년기에 진정한 친구가 지니는 의미는 그 어느 때보다 깊이 있게 다가온다. 사실 건강을 지키는 일보다 인생 후반에 진정한 친구를 갖는 게 더 어렵다는 말이 있다. 노년의 삶이 상호 교류, 교제, 관계 면에서 소극적인 방향으로 기울기 쉽다. 장년, 노년 세대가 몇 년 사이 홀로 사는 경향이 증가되고 있다.

노인 단독 가정은 점점 많아지고, 식사도 배달음식에 혼밥 하는 인구도 늘어나고 있다. 나이가 들수록 우리는 더 많은 상실과 변화를 경험하게 되며, 이때 서로를 이해하고 공감할 수 있는 친구의 존재는 무엇과도 바꿀 수 없는 위로가 된다. 인생길은 멀고 험하거나 외로울 때가 많아진다. 이럴 때일수록 '좋은 친구와 함께 가는 것'이 오래, 더 멀리 갈 수 있는 힘이 된다.

진정한 친구 관계는 일방적이지 않고, 서로 적극적인 관심과 배려에서 시작된다. 상대방의 이야기에 귀 기울이고, 기쁨과 슬픔에 진심으로 공감하는 자세가 필요하다. 작은 일상부터 큰 인생의 전환점까지, 서로의 삶에 관심을 가지고 함께 나누는 것이 중요하다. 단순한 친구 관계를 떠나 온전한 섬김의 대상으로 대하는 자세가 필요하다.

현대사회에서는 비대면 소통이 익숙해졌지만, 가능한 직접 만나서 얼굴을 마주 보며 대화하는 시간을 가지도록 노력해야 한다. 진정한 친구 관계는 오랜 시간에 걸쳐 쌓아온 신뢰를 바탕으로 한다. 약속을 지키고 비밀도 지켜주며, 어려울 때나 기쁠 때나 한결같은 모습으로 함께하는 것이 중요하다.

  이러한 신뢰는 하루아침에 쌓이는 것이 아니므로, 꾸준한 노력과 진정성이 있어야 한다. 친구와의 관계는 서로의 삶에 활력과 즐거움을 더해주어야 한다. 인생 후반에 들어서면서 가까이하던 친구마저도 이런저런 이유 없이 만남이 뜸해지기 쉽다.
  오늘부터라도 주변의 친구들에게 더 많은 관심과 사랑을 표현하고, 새로운 인연을 맺기 위해 적극적으로 나서 보는 것은 어떨까? 우리의 작은 실천이 모여 더욱 풍요롭고 따뜻한 노후를 만들어갈 수 있을 것이다.

  인생의 마지막 순간에 곁에서 함께할 수 있는 진정한 친구를 갖는다는 것은 모두의 소망일 것이다. 지금 이 순간부터라도 주변의 소중한 인연을 돌아보고, 더 깊은 우정을 쌓아가기 위해 한 걸음씩 다가가는 것은 어떨까? 당장이라도 가능한 친구를 불러 점심 식사하며 담소를 나누고 싶어진다. 그것이 바로 우리가 꿈꾸는 행복한 노후의 시작이 될 것이다.
  죽음을 앞두고 마지막 통화를 하고 싶은 친구 몇 명은 있어야 되지 않을까? 그런 친구쯤 돼야 마지막 작별 인사를 받은 친구도 놀라지 않고, 진심의 우정을 서로 느끼며 마지막 작별 인사를 주고받을 수 있지 않을까?

"친구야, 참 고마웠다. 내가 먼저 간다. 행복해라. 다시 만났으면 좋겠다.", "그래, 네가 있어 행복했다. 잘 가라 친구야!"

이렇게 작별 인사를 나눌 친구, 나는 몇이나 될까 자문해 본다.

부지런히 움직이는 습관

우리는 지금 100세 시대를 살고 있다. 70세 이후의 삶이 30년 가까이 이어지는 시대에 어떻게 건강하고 활기찬 노년을 살아갈 수 있을까?

100세 시대 지식인 철학자 김형석 교수님 말씀이 떠오른다. 보통 이 시대에 건강한 나이로 살아가는 세대를 65~75세로 본다. 100세 시대가 되면서 이 시기를 인생 제일의 황혼기로 여긴다. 우리나라는 벌써 65세 이상이 전체 인구수의 20%를 넘어, 초고령사회로 분류된다UN 기준: 65세 이상 비율이 7% 이상은 고령화사회, 14% 이상은 고령사회, 20% 이상은 초고령사회.

70대 중반에 들어서면서 몸의 활동도 줄어든다. 몸이 구석구석 고장 나 원인 모를 고통을 겪는 노인들이 많다. 뇌출혈 등으로 생명을 잃거나, 인지장애로 생명을 위협받는 일이 많다. 사회적 문제인 늘어나는 치매환자는 한 가정의 제일 큰 어려움이다.

노후의 20년 이상을 건강하게 살려면 몸과 마음의 늙는 속도를 늦추기 위해 귀찮은 일을 적극적으로 찾아 하루 생활을 규칙화하는 게 필요하다.

일찍 자고 일찍 일어나기부터, 무엇이든지 몸을 움직여 할 일을 만들어 꾸준히 실천하면 노년 건강에 좋은 효과를 얻게 된다. 스스로의 선택과 실천으로 늙어가는 몸과 마음을 늘 깨어있도록 살아가는 게 늙는 속도를 늦출 수 있는 길이다.

직장 상사였던 조양래 회장님은 90세가 넘었어도 매일 동네 산책을 하고, 월 2회 필드나 스크린 골프를 친다. 서예와 독서를 즐기고, 친구 모임에도 참석해 활발한 좌담도 즐긴다. 그분의 하루는 10~20년 후배들의 생활이나 다름없다. 반듯한 허리에 걸음걸이도 중년 노인과 별다름이 없어 보인다. 무리하지 않으면서 하루 시간을 헛되이 보내지 않는 것이다.

한창때부터 인품이 원만하셨다. 운동을 좋아하고 자세가 바르며 부지런한 삶을 스스로 실천하신 분이다. "편안함과 지나침이 건강에 독이 될 수 있다"라는 말씀이 귓가에 맴돈다. 지금도 맑은 정신과 나이에 비해 건강한 신체 균형을 유지하고 계신 게 아마 이런 이유 때문일 것이다.

우리 사회는 점점 더 편리함을 추구하고 있는 시대이다. 음식 배달 앱으로 식사를 해결하고, 모든 것을 리모컨으로 조작하며, 짧은 거리도 차를 이용한다. 이러한 편리함이 우리의 몸과 뇌를 더욱 빨리 노화시키고 있다는 사실을 우리는 종종 잊고 산다.

70세 이후의 건강한 삶을 위해 우리가 실천할 수 있는 일은 생각보다 단순하다. 매일 30분 이상 걷고, 손 글씨로 일기 쓰고, 악기나 외국어 공부, 컴퓨터, 노래교실, 서화 배우기 등 여가를 즐길 일이 많다.

이러한 활동 중 가능한 것을 골라 꾸준히 실천하는 것이 중요하다. 특히 디지털 기기에만 의존하지 않고, 직접 손으로 쓰고 계산하고 나무를 깎고 자르는, 아날로그적 활동을 병행하는 것도 중요하다.

75~80대 이상 고령자 중에서도 적극적으로 사회 활동에 참여하고 새로운 것을 배우며 규칙적으로 운동하는 사람들은 인지기능과 신체수준을 평균 이상으로 유지한다고 한다. 가까운 시장 보러 가기, 한 정거장 전에 내려 걷기, 의자에 앉기보다는 서서 대화하기 등 공통적으로 '편안함'을 경계하고, 적당히 '부지런한 움직임'을 선택하는 생활습관이 건강을 유지하는 길이다.

단순한 원리다. 우리의 뇌와 근육은 사용하지 않으면 퇴화한다. 새로운 취미에 도전하는 등의 작은 실천이 노화 속도를 늦추는 힘이 된다. 이러한 일상에서의 부지런함이 자신의 건강에게 주는 가장 큰 선물인 셈이다.

 귀찮음에 젖어 게으름을 추구하는 삶은 진정한 행복을 주지 않는다는 것을 깨닫게 한다. 조금 부지런하게 스스로 움직이고, 배우고, 도전하는 삶을 살아갈 때 결국 더 건강하고 행복하게 초고령사회에 적응할 수 있다.
 지금 당장 실천할 수 있는, 작은 부지런한 움직임부터 시작해 보자. 그것이 100세 시대를 살아가는 우리가 조금이라도 늙음의 속도를 늦출 수 있게 하는 가장 현명한 길이다. 때로는 어렸을 때 놀던 추억을 회상하는 버릇도 꼭 필요하다. 정신을 맑게 하고 피로를 덜어준다. 값진 힐링이다. 나도 새해부터는 꼭 실천하여 100세 시대에 998823499세까지 팔팔하게 살다 2~3일 아프고 가자 건강하게 살고 싶다.

단막극이 아닌 인생

어떻게 살다 보니 내 인생도 환갑을 넘어 희수稀壽가 내일모레다. 내 경우 60세에 정년퇴직하여 그때부터는 하고 싶었던 것을 하며 인생의 후반전 제2막을 살겠다고 마음을 먹었다.

당시 10년이 지나면 노인 세대가 되는데, 그때는 그렇게 생각할 만한 시대였다. 남자 평균 생존 나이가 78세 정도였다. 취미 생활과 좋아하는 일에 열중하다 보니 10년이 후딱 지나갔다. 그런데 몸에 여기저기 이상 징후가 생겨 자주 병원에 들락거리기 시작했다.

활력도 전만 못해졌다. 건강에 불편한 신호가 연속되는 한 삶이 괴로울 수밖에 없다. 이런 와중에 사회 환경은 급속도로 변화되어 적응하기 어려웠다. 하루는 지루하지만, 1년 지나가는 세월은 화살처럼 빠르다 못해 빛처럼 휙 지나가고 만다.

이런 상황이 보통 노인들이 겪는 인생 후반의 일상이다. 이러다 보니 많은 노인이 건망증이나 치매의 초기단계에 이른 경우가 많다고 한다. 이런 상황을 예상하지 못했으니 당황하기도 하고 처방을 받아도 잘 회복되지 않아 고통의 시간을 견뎌야 하는게 현실이다. 미리 살아보지 못했으니 알 수도 없다. 먹고살려고 일이나 열심히 했지, 몸의 노화로 오는 건강 변화를 알아차리거나 미리 대비하지 못하고 산 결과이다.

가족과의 관계도 예전 같지 않다. 바쁜 일상 속에서 자녀들과 만날 시간도 부족하고, 따뜻한 대화는 더욱 줄어든다. 손주들은 더욱 바빠서 어쩌다 만나도 제대로 된 대화를 나누기 힘들다. 그냥 용돈이나 주면 후딱 받아 가는 것만 멀뚱히 바라만 보고야 만다.

더욱 답답한 게 또 있다. 아침부터 신문이나 훑어보지만, 나라는 잘 사는 나라로 성장했다는데 정치꾼들 패 갈려 싸우는 꼴만본다. 국민도 두 패로 갈라져 동창 모임도 나라 돌아가는 얘기는 조심스럽다.

서민 경제는 더 어렵다. 중소기업이 문을 닫은 곳이 많다. 물가는 치솟고, 몸도 불편한 데가 많으니 외출해 친구 만나기도 뜸해진다. 집에 있는 시간이 점점 많아질 수밖에 없다. 막상 할 일도 많지 않다.

컴퓨터에 익숙지 못할 뿐 아니라, 전자기기와 손에 쥐고 사는 핸드폰 사용도 더듬더듬하기 일쑤다. 비대면업무, 인터넷 구매 등 예약문화에 따른 불편은 이루 말할 수 없다. 전화 통화 이외는 아예 거들떠보지도 못한다. 사회 전반의 디지털생활에 익숙지 못하니 눈과 귀가 불편할 정도로 무능자로 전락되는 시대에 점점 빠져들어 간다.

이런 현실을 한탄만 하고 있을 수는 없다. 앞으로 닥칠 초고령 사회에서 우리는 어떻게 살아야 할지 걱정이 된다. 노인 스스로 변화를 예측하고, 배우고 준비해야 할 것들이 많다. 최소한 핸드폰 잘 사용하기, 인터넷 사용을 생활화하기는 배워야 한다. AI 시대의 빠른 변화에 무지한 노인들은 갈수록 안타까운 세상이 될 것이다. 생각할수록 초라해진다.

우리가 너무 모르고 산다. 10년이면 강산도 변한다는 말이 있지만 지금은 1년이 지나면 강산이 변할 정도다. 불과 1~2년 안에 AI 인공지능이란 것이 산업 일터, 가정, 모든 기관 등을 직접 관장할 수 있다는데, 국가경제와 산업의 모든 분야는 물론이고 사회 가정생활에까지 엄청난 변화를 가져올 것이란다.

이제는 챗GPT란 것이 질문에 답만 해주던 것이 아니라. 1~2년 안에 기계와 컴퓨터를 제어하는 AI 로봇 시대가 온다. 즉, AI가 기억하고 생각해 예측까지 하면서 인간과 같은, 그 이상의 능력을 갖추게 된다니…, 우리 같은 노인층은 삶의 환경에서 동떨어진 상태로 존재하지 않을까 염려된다.

사회 환경이 변할수록 누구나 인터넷 디지털 문화를 필수적으로 접해야 한다. 우선, 디지털 기술에 대한 두려움을 버려야 한다. 복지관이나 주민센터에서 진행하는 디지털교육에 적극적으로 참여하고, 가족들에게 배우는 것도 좋은 방법이다. 처음에는 서툴고 부끄럽겠지만, 꾸준히 배우다 보면 기본적인 디지털생활은 가능해진다.

가족관계 회복을 위한 노력도 필요하다. 영상통화나 메시지를 통해서라도 자주 소통하고, 정기적인 가족모임을 만들어 서로의 생활을 이해하고 공감과 소통의 시간을 가져야 한다. 손주들에게는 우리의 경험과 지혜를, 그들에게서는 새로운 시대의 변화를 배우는 상호학습이 이루어질 수 있다.

우리의 인생은 단막극이 아니다. 끊임없이 배우고 적응하며 성장해 나가는 긴 여정이다. 비록 천천히 가더라도 꾸준히 한 걸음씩 나아간다면 AI 시대에도 우리는 품위 있고 행복한 노년을 맞이할 수 있을 것이다.

그날 밤의 특별한 경험

절친한 친구들과 남해안으로 여행을 떠났다. 첫날 밤 호텔 숙소에서 겪은 경험은 수십 년이 지난 지금까지도 내 마음 한편에 지울 수 없는 그림자를 드리우고 있다.

친구와 같은 방에서 자는 것은 당연한 일이었다. 우리는 오랜 친구 사이였고, 서로를 너무나 잘 알고 있다고 생각했다. 하지만 인생은 때로 예상치 못한 순간에 우리에게 작은 시련을 던진다.

친구 스스로의 말과는 다르게 잠들자마자 "드르렁 드르렁" 코고는 소리는 그날 밤 나의 평화로운 잠을 완전히 앗아갔다. 깊은 잠에 들면 괜찮겠지 싶었지만 기대가 너무 쉽게 무너져 다른 방법이 없었다.

이 사태를 아는지 모르는지, 친구는 자기 습관대로 편안히 잠을 잤다. 이 친구의 잠자는 모습에, 나는 너무 참기 힘든 나머지 부아가 치밀었다. 마음으로는 당장 깨워 불평하고 싶었지만, 이런 일이 상황을 해결할 수 있는 방법은 아니었다.

생각 끝에 화장실에 침구를 모두 옮겨 놓고, 문틈마다 탕비 수건을 모두 동원해 방 안의 정적을 깨는 모든 소음을 틀어막았다. 화장실에 누워 잠을 청하니 그제야 불편하고 불안한 마음이 다소 가시기 시작했다.

겨우 서너 시간 눈을 붙인 그때의 경험은 단순한 불편함을 넘어, 내 모든 여행의 잠자리에 영향을 미치는, 씻어버릴 수 없는 강한 트라우마가 되었다. 무슨 일이 있어도 나에게 그런 상황을 되풀이해 겪는 일은 있을 수 없다. 지금도 독방이 아니라면, 가족이 아닌 타인과 함께 숙박하는 일은 없다.

수십 년이 지난 지금도 외부 숙박을 하려면, 잠자리에 대한 불안감이 먼저 찾아온다. 독방이 정해지지 않은 경우라면, 그날 밤의 기억이 마치 독버섯처럼 살아나 미리부터 걱정이 앞선다. 이러한 반응은 너무나 자동적이어서 때로는 나 자신도 왜 이토록 강한 거부감이 있는지 의아해진다.

인간의 뇌는 참으로 신비롭다. 그날 친구와 나눈 유쾌한 대화, 즐거웠던 시간들은 기억 속에 조금도 남아 있지 않다. 그러나 그날 밤의 불편했던 기억만은 마치 어제 일처럼 선명하게 남아 있다. 이것이 바로 우리 뇌가 가진 특별한 성질이란다. 뇌의 편도체와 해마는 그 불편했던 경험을 깊이 오래 각인시켰고, 이는 미래의 유사한 상황을 피하도록 만드는 강력한 경고 신호로 변해 버렸다.

과학자들은 이러한 현상을 '부정적 편향'이라고 부른단다. 우리의 뇌는 생존을 위해 진화하는 과정에서 불편하거나 위험한 경험을 더 강하게 기억하도록 발달했단다. 이러한 메커니즘은 현대사회에서도 여전히 작동하고 있다.

이제는 이러한 나의 반응이 자연스러운 뇌의 작용이라는 것을 이해하게 되었다. 부정적인 경험이 더 강하게 기억되는 것은 우리 뇌의 생존 전략이며, 이는 결코 비정상적인 것이 아니다. 오히려 이러한 이해를 통해, 나는 나 자신의 반응을 더 잘 받아들이고 대처할 수 있게 되었다.

이러한 경험으로 나는 인간의 뇌가 얼마나 복잡하고 정교한 시스템인지 깨닫게 되었다. 우리의 기억과 감정은 단순한 기계적 작용이 아닌, 수백만 년의 적응 과정이 만들어낸 정교한 생존 메커니즘의 결과물이다. 이제 나는 내 안의 이러한 반응을 이해하고 받아들이며, 그것과 함께 평화롭게 살아가는 방법을 깨닫고 배우고 있다.

결국, 자신의 특성을 이해하고 받아들이는 것이 자신을 대우하는 최상의 방법임을 깨닫게 한다. 모든 경험이 우리를 성장시키는 배움의 기회가 될 수 있으며, 때로는 불편한 기억조차도 우리 삶을 더 깊이 이해하게 만드는 계기가 될 수 있다. 그날 밤의 경험을 통해, 나를 더 깊이 이해하게 되었다는 것에 감사함을 느낀다.

"친구야? 잘 자라. 잘 먹고 잠만 잘 자도 인생 후반의 최고 행복이지!"

어느 권사님의 기도

　내 삶의 여정 중 예기치 못한 사고로 힘든 시간을 보낸 적이 있었다. 깊은 상처로 피부이식 전문 병원인 서울적십자병원에 입원하게 되었다.

　상처 부위는 양 발등과 발가락 부위로, 상태가 심했다. 1차로 허벅지에서 피부를 이식하는 치료를 받았고, 치료 기간은 약 3개월 정도 진단받았다. 그러나 치료 과정 중 염증이 발생하여 결과가 좋지 않았다. 매일 아침부터 오염된 부위를 소독약으로 씻고 염증 치료를 해야 했다.

　상처로 망가진 피부에 염증을 치료하고 새살이 돋아나기를 기다리는 시간은, 극도의 인내를 요구하는 기다림이었다. 병실 창밖으로는 긴 겨울을 견뎌낸 개나리와 흰 목련이 음침한 병실을 환하게 밝혀주었지만, 침대에 누운 나는 초조한 눈빛으로 창밖을 바라볼 뿐, 마음은 여전히 싸늘한 이른 봄에 머물러 있었다.

그래도 언젠가는 이 봄이 지나 병실을 나와 집으로 돌아가리라 기대했다. 점점 사랑하는 가족과 회사 동료들의 모습이 가슴이 아리도록 그리워졌다. 사무실 책상은 여전히 나를 기다리고 있을까, 문득문득 궁금해지기도 했다.

하지만 봄이 지나도록 치료는 좀처럼 호전되지 않았다. 가끔 병문안 온 친구들은 큰 상처를 보며 직접 말은 하지 않았지만, '과연 정상적으로 걸을 수 있을까?'라고 걱정했다고 한다. 2~3개월이 지나도록 환부에 뚜렷한 호전이 없자, 나 역시 퇴원이라는 희망을 쉽게 품을 수 없었다. 담당 의사에게 퇴원 시기를 묻는 것도 조심스러운 상황이었다.

나 자신도 더 약해져서는 안 되겠다는 생각이 들었다. '더 악화되지는 않겠지? 앞으로 겪을 고통도 그동안 겪은 고통보다 더 심하지는 않겠지? 참고 견뎌보자.' 매일 먹는 약 중에서도 면역을 약하게 할 수 있는 진통제 성분은 먹지 않았다. 오직 나 스스로 무너지지 않기 위해 참고 견뎌야겠다는 결기도 점점 강해졌다.

치료 시간을 제외하고 육체적으로 움직임을 제한한 채 고통을 참으며 누워 지내는 일은 매우 지루하고 힘든 시간이었다. 가정과 병실을 돌보는 아내의 수고와 어린 두 아들과 떨어져 지내야 하는 현실은 더욱 가슴 아팠다.

특히 주말에 병실에 왔다가 돌아가기 싫다면서 "왜 아빠는 집에 안 가?" 하며 닭똥 같은 눈물을 흘리는 어린 아들의 모습은 내 마음을 더욱 아프게 했다. 사실, 그럴 때가 나에게 가장 힘든 시간이었다.

아침저녁으로 그동안 잊고 지냈던 신앙생활을 돌아보며 반성과 회개의 시간을 갖기도 했다. 그리고 간절히 병이 낫기를 기도했다. 그러던 어느 날, 우연히 병실을 방문한 어느 권사님으로부터 안수기도를 받게 되었다. 나는 절실히 갈망하는 마음으로 권사님의 기도를 온전히 받아들였다.

조용하고 침착한 목소리로 이어지는 기도 중에, 나는 순간적으로 무겁던 온몸이 침대로부터 들림을 받아 둥~ 떠 있는 강렬한 느낌과 상처의 통증이 완전히 사라지는 편안함을 느꼈다. 그 순간은 수십 년이 지난 지금까지도 또렷한 기억으로 남아 있다.

이 일이 있은 후, 내 몸에는 놀라운 변화가 일어나기 시작했다. 일주일이 지나자 오랫동안 붕대에 싸여 있던 발등과 허벅지 상처가 아물고, 고통 없이 피부 딱지가 떨어지기 시작했다. 놀랄 만큼 빠르게 새살이 돋아나기 시작했다.

"하나님 감사합니다"라는 고백이 저절로 나왔다. "여보, 정말 고생했어."

아내와 나는 손을 잡고, 그 순간의 감사와 기쁨을 함께 나누었다. 나를 지켜보던 간호사와 회진하던 의사도 고개를 끄덕이며 "좋아지고 있습니다. 관리를 잘 하세요"라고 격려해 주었다.

오랜 시간 기운 없던 몸도 점차 가벼워지고 상태가 호전되기 시작했다. 나는 갑자기 퇴원해 집에서 치료해도 될 것 같다는 생각이 들었다. 아내는 퇴원할 때 입으라고 새 양복까지 손질해 두었다.

하지만 오랜 병상생활로 몸의 중심을 잡기 어려웠다. 의사의 조심스러운 진단으로는, 앞으로 정상적인 보행이 어려울 수 있다는 말도 들었다. 그럼에도 나는 가족과 회사를 위해, 그리고 나 자신을 위해 퇴원을 서둘렀다.

비록 조금 불편한 몸이지만, 오랜만에 회사에 출근하는 길은 세상에 다시 태어난 기분이었다. 고난과 참회의 시간이 얼마간 지나갔다. 내 삶 구석구석을 깊이 돌아보게 되었다. 인생이란 얼마나 연약하고 부족한 것인가를 절실히 깨달았다.

삶 속에서 우리는 예상치 못한 사고와 고난을 만날 수 있다. 그러나 항상 스스로를 살피고, 안전을 최우선으로 삼아, 작은 부주의도 경계하여 미연에 사고를 방지하는 지혜로운 삶을 살아야 한다.

사람은 하늘의 도우심 없이는 하루도 안전하게 살아갈 수 없는 존재임을 깊이 깨달았다.

성경 말씀, "하나님은 아프시게도 하시다가 싸매시며, 상하게도 하시다가 그의 손으로 고치시나니욥기 5:18"를 가슴에 새기며 큰 위로를 얻었다.

이스라엘 민족이 홍해를 건너 은혜의 땅에서 새로운 여정을 시작했듯이, 나 역시 고난을 지나 새롭게 태어날 수 있도록 인도하신 하나님께 깊은 감사를 드린다.

스페인에서 만난 가우디

바르셀로나의 푸른 하늘 아래, 인류 건축사의 가장 경이로운 현장 앞에 와 있다. 사그라다 파밀리아 가우디 성당은 마치 하늘을 향해 기도하는 거대한 손길의 불꽃처럼 위용을 드러내고 있었다.

성당은 마치 하나의 거대한 석조 시화집 같다. 예수의 탄생과 수난을 담은 건물 외벽 조각들은 놀라울 정도로 섬세했고, 각각의 작품은 마치 살아 숨 쉬는 듯했다. 나선형으로 솟아오르는 철탑들은 자연의 생명력을 그대로 담아냈고, 석재의 질감과 빛의 조화는 시시각각 다른 표정을 짓고 있었다.

우선 설계자와 건축 내력이 너무나 궁금했다. 건축가 안토니오 가우디는 1852년 스페인 카탈루냐 지방의 레우스에서 구리 주물 장인의 아들로 태어났다. 어린 시절 류머티즘을 앓아 많은 시간을 혼자 보내며 자연을 관찰하고 상상력을 키웠다. 11세 때부터 건축에 관심이 많았고, 바르셀로나 건축학교에서 공부하였으며, 시청에서 건축 경력을 쌓았다.

에우세비 구엘 가문의 건축가가 되어 구엘 공원, 구엘 저택, 구엘 지하 예배당 등 구엘 가문의 건축물 설계자가 됐다. 고딕 건축과 유기적 형태를 도입하여 전통적 구조역학을 재해석했다. 이는 건축 스타일에 지대한 영향을 미치게 됐다. 가우디는 완벽주의적 성향과 작품에 대한 강한 열정을 지니고 있었다.

젊은 시절, 채식주의자가 되어 40일간 단식을 한 적도 있다. 아깝게도 1926년 전차에 치여 사망했을 때, 너무 검소한 옷차림 때문에 노숙자로 오인받기도 했다고 한다. 사그라다 파밀리아 성당 건축 중에는 현장에서 숙식하면서 작업에 몰두했다. 나는 오래전 구엘 공원의 가우디 생가 기념관을 관람한 적이 있다. 어릴 때의 환경과 전시 작품을 보니, 그가 검소하고 독실한 기독교 신자였음을 짐작할 수 있었다.

공원의 모자이크 건물과 자연의 곡선미를 이용한 석굴 건축 조형물은 동화 속 세계를 연상하기 충분했다. 가우디 건축의 특별한 점은 고대의 구조적 원리와 중세의 종교적 상징성, 그리고 현대의 혁신성을 모두 포용한 점이다. 그의 건축은 시대를 뛰어넘는 독특한 존재감을 지닌다. 사그라마 파밀리아처럼 기존 건축 문법을 탈피한 독창성을 이루었다.

　유래 없이 건축 기간이 무려 150여 년 이상 걸린다는 사실은 너무 아이러니하다. 그 내력은 다음과 같다. 가우디의 사그라다 파밀리아 성당은 1882년에 건축이 시작되었고, 안토니오 가우디가 1883~1926년까지 43년 동안, 그가 사망할 당시까지 설계와 건축 책임을 맡았다. 당시 성당은 약 20% 정도만 완성된 상태였으며, 그 후 여러 건축가가 가우디의 설계를 이어받아 성당 건축을 계속했다.

　당초 2026년가우디 사망(1852~1926) 100주년까지 완공을 목표로 했으나, 코로나19 팬데믹으로 인한 관광객 감소와 기부금 축소로 공사가 지연되어 현재는 2030년대 초반 완공을 목표로 하고 있다. 나도 2010년쯤 관광차 건축 중인 성당을 견학한 적이 있다. 당시 외부 건물은 형태가 거의 완성 단계였으며, 대예배당 내부 벽 공사 진행을 볼 수 있었다.

　가장 압도적인 것은 진행 중인 건축 현장이었다. 대예배당 내부 벽 공사가 진행되는 모습은 마치 시간여행을 하는 듯했다. 현대 기술로 재현되는 가우디의 비전은 경이로움 그 자체였다. 장인들이 하나하나 수작업으로 다듬어가는 석재들, 정교한 구조계산을 위한 3D 모델링, 설계도면 작업, 모형제작, 구조역학 실험 등 원형 그대로의 가치를 지키려는 건축가와 엔지니어들의 연구와 협업을 통해 미완성 부분을 완성하는 데 시간이 정지한 듯 했다.

나는 공사 기간이 150년에 가까운 시간의 무게를 이해하게 되었다. 완공 일정이 미루어진 이유는, 가우디 사망1926년과 스페인 내전1936년으로 설계도면이 소실되어 공사가 중단되었다. 그후 관광객이 줄어들며, 건축 자금을 순수 기부금 조달 방식으로 건축하게 되었다. 여러 세대에 걸친 건축 기술의 발전과 헌신이 하나의 건축물에 온전히 담기게 되었다. 긴 공사 기간144~150년이 오히려 사그라다 파밀리아 성당만의 독특한 가치가 되었다.

인상 깊었던 것은 이 건축물이 종교 건축물을 떠나서 신앙과 예술의 가치, 인류의 끊임없는 도전이 담긴 상징물이 되기를 원했던 것으로 보인다. 세계적으로도 유례없는 건축사적 의미를 가지게 된 것이다. 가우디가 남긴 "내 고객은 서두르지 않는다"라는 말도 가슴에 깊이 와닿았다.

이는 성당이 오랜 시간에 걸쳐 완성될 것을 예상했음을 보여준다. 몇 세대를 걸쳐 이어지는 장인 정신이 돋보였다. 원래의 비전을 살리기 위한 끊임없는 연구 노력, 모든 것이 하나의 완벽한 예술품을 만들어가는 과정이었다.

견학을 마치며 이것이 인류의 창조적 열정과 신앙, 예술이 완벽하게 조화를 이룬 영원한 진행형 걸작이라는 것을 깨달았다. 2030년 준공을 목표로 하고 있지만 지금도 '미완성 중'인, 가우디가 우리에게 남긴 가장 위대한 유산일지도 모른다. 끊임없이 완벽을 향해 나아가는 인간 정신의 상징으로서, 사그라다 파밀리아 성당은 영원히 살아있는 예술품으로 남을 것이다.

가우디의 대표 작품

1. 사그라다 파밀리아 성당Sagrada Família
1883년부터 시작되어 현재도 진행 중인 그의 역작은 자연과 종교의 조화를 추구한 독특한 건축 양식이다. 로마 가톨릭교회 성당으로, '성스러운 가족'이라는 뜻을 가지고 있다.

2. 카사 바트요Casa Batlló
물결치는 듯한 외관과 뼈대를 연상시키는 기둥으로 유명하며, 자연의 유기적 형태를 도시 건축물에 적용한 걸작이다.

3. 카사 밀라Casa Milà
물결치는 석재 외관이 특징적인 건물이며, 당시로서는 혁신적인 구조와 디자인으로 주목받았다.

4. 구엘 공원Park Güell
자연과 건축의 완벽한 조화를 보여주는 공원이며, 모자이크로 장식된 독특한 건축물들이 특징이다.

설악산 단풍

7장

자동차와 함께한 삶

남양연구소

생면부지 모르는 분에게서 걸려온 전화를 받았다. 그분은 현대자동차 남양연구소자동차 R&D센터 소장 이충구 부회장이었다. 인사이동을 축하한다면서 먼저 반갑게 대하였다. 나는 그때 기아자동차 인수팀의 일원으로서 부품사업부의 조직과 인원, 보수용부품 판매업무 인수를 마치고 조직 안정, 부품 판매목표 달성을 위해서 최선을 다하고 있던 중이었다.

인사이동 소식을 접한 지 하루 만에 남양연구소 지원사업본부장으로 발령받아 남양연구소에 출근하여 업무 파악에 바쁜 몇 날을 보냈다. 당시 남양연구소는 100만 평에 가까운 간척지에 건설된 현대자동차 연구개발 R&D센터로 울산연구소, 마북리연구소, 기아소하리연구소의 자동차 연구시설과 시험장비, 조직 인원의 상당 부문이 통합되어 근무하는 중이었다.

연구소 주요 시설로는 설계동, 디자인동, 시작동, 엔진시험동, 풍동시험동, 충돌시험장, 주행시험장 등 자동차 연구개발 종합 단지를 형성하고 있었다. 당시 근무 인원이 7천 명 이상 됐으며 최대 수만 명까지 근무할 수 있는 세계 최고의 자동차 R&D센터 와 국제 규모의 종합자동차 경기장을 갖춘 자동차메카로 발전할 미래 계획도 갖고 있었다.

출근 첫 월요일, 남양연구소 전 직원을 대상으로 본관 앞 대운 동장에서 연구소 통합 후 첫 정몽구 명예회장 조회가 실시됐다. 본사 관련 본부장들도 참석하여 마치 훈련소 입소식을 연상하듯 수천 명이 참석하는 아침 조회가 실시됐다. 분위기는 숙연했으 며 직원들 모두가 조금은 긴장된 모습이 역력했다.

명예회장은 연구소 전체 조회 일성으로 미래자동차 기술의 본 향이 될 수 있도록 장비와 기술, 인력에 투자할 것이며 글로벌 경쟁에서 살아남기 위해서 기술개발과 품질개선, 디자인 혁신, 미래 글로벌 시장 개척을 위한 투자와 기술인력을 확충할 것을 강조했다. 조용하던 연구소의 분위기에 활기와 생기를 불어주 는 듯했다.

이후 남양연구소는 하루가 다르게 대규모 R&D 투자가 이루 어지면서 많은 변화를 가져왔다. 연구원들의 근무 환경에 관심을 두어, 설계동과 시험동 등 모든 건축물에서 연구원생활을 하기에 최적의 환경과 여유로운 공간을 제공하여 복지차원을 넘어 건강과 창의적 아이디어를 발휘할 수 있도록 분위기 조성에 힘썼다.

시험장비와 자동차 설계, 시험, 디자인, 선행 기술 등 한국자동차 완전 국산화, 품질혁신 글로벌 경쟁 과정에서 눈부신 발전을 이루었다.

초기 단계부터 미국 시장의 가격경쟁과 품질개선 전략으로 10년 품질보증, 외국인 디자이너 영입, 미국 현지화 생산 판매 친환경차개발 시장경쟁을 유지하면서 지속 가능한 성장을 가능케 한 것이 현대-기아차의 성장에 중요한 요인이 되었다.

세계적으로 성공한 정몽구 명예회장의 품질경영의 시동은 남양연구소 연구원의 전체 조회와 현장 품질회의로부터 시작된 역사적인 의미가 담겨 있다고 볼 수 있다. 남양연구소를 방문할 때마다 사무실 회의보다 현장 시험장에서 직접 차량을 타보거나 직접 운전하며 점검하였다. 현장 가까이 회의장을 두어 품질개선회의를 주관하며 실무팀장들과 토론하기를 좋아하였다.

가끔 다과회도 가지며 부탁과 격려를 아끼지 않는 감성의 큰 리더였는데, 야외 시험장마다 조그만 회의실을 둔 것도 이 때문이다. 특히 신모델 개발차의 디자인 종합 품평회가 있을 때에는 많은 시간을 할애하며 신속한 결정 과정에서도 꼼꼼하게 전문가들과 정보공유 소통에 심혈을 기울였다. 치열한 글로벌 경쟁에서 품질경영과 새로운 디자인 개발전략은 끊임없는 성장을 뒷받침하게 했다.

언젠가 무덥던 여름날이었다. 자동차 개발 완료 단계, 조립 과정을 시연하는 완성차 조립품질을 점검하는 시작동에서 있었던 일이다. 시작동은 새로운 신개발차를 양산하기 전에 조립품질을 개선하는 울산 조립공장과 똑같게 설치한 미니 실습 공장이다.

이때 공장 순회 중 공장 내 환기 상황까지 관심을 두며 시스템과 공기 정화 장치 내 휠타 에레멘트 품질까지도 직접 점검하였다. 점검 후 "근로자의 건강과 개발차량의 품질을 보장할 수 있겠나?"라며 당장 시험동 건물에 대한 환기 시스템도 전면 개선을 지시한 적이 있었다. 엔진과 구동장치 10년까지 품질보증 실현을 내다보며 오래전부터 몸에 밴 주변 청결과 품질경영 마인드를 실천했던 명예회장의 미래 직감을 깨달을 수 있었다.

오늘날 현대-기아차의 세계적 위상이 세 손가락 안에 들어 있다니, 글로벌 시장에서 기술발전과 품질향상, 신뢰를 바탕으로 성장했음은 놀랄만한 일이다.

지난 파리 올림픽에서 한국 양궁의 5종목 금메달 신화를 이룬 것도 끊임없는 기술개발과 독특한 연습에 있다고 본다. 양궁협회는 위험요인을 미리 예측하여 올림픽 경기장의 여러 시나리오를 적용한 대회장과 똑같은 장소를 만들어 현대차 R&D 기술을 접목해, 차를 개발하듯이 양궁에서도 모든 리스크 관리에 차 기술 노하우를 적용했다고 한다. 협회 코치진과 선수 모두 하나가 되어 이루어낸 큰 성과라 평했다.

올해 미국 시장에서 프리미엄 브랜드 제네시스는 고급차 중에 품질 가격 면에서 뒤떨어지지 않는다는 평도 있다. 대단한 일이다. 골프선수 타이거 우즈의 교통사고로 품질 여론이 현대-기아차 제품 가치를 끌어올리는 데 기여도 했을까? 이렇게 현대차의 글로벌 시장 경쟁에서 우수한 고지를 점령하는 데는 정몽구 명예회장의 품질경영 전략이 크게 기여했다는 국내외 언론 평가가 더욱 확실해졌다.

— 차량개발, 생산단계의 전 과정에서 철저한 품질관리 기준을 두어 적용 불량률을 최소화하고 양질의 품질로 고객 신뢰를 확보했다.

— 고급차 제네시스 브랜드 런칭 성공으로 현대-기아차의 브랜드를 높여 글로벌 시장에서 인지도를 높였다.

— 대규모 R&D 투자 확대로 기술과 혁신적인 디자인개발, 차량 안전성과 성능을 지속적으로 개선했다.

— 세계 각지에 생산공장을 세워 글로벌 네트워크를 형성 지역 맞춤형 전략으로 효율성을 극대화했다.

현대-기아차의 글로벌 시장 점령은 품질경영 가치를 바탕으로 전 회사원이 땀 흘려 이루어낸 노력의 산물이다. 향후 글로벌 미래자동차 일류기업으로 지속 성장해야 할 필연적 운명이 눈앞에 와있다. 국제적 브랜드의 업그레이드, 선진마케팅, 혁신된 디자인, 기업문화 창달과 함께 성장할 미래 전략을 끊임없이 이끌어내야 한다.

이와 함께 미래차의 독자 기술 확보와 하이브리드차, 전기차, 수소전기차, 미래항공 모빌리티 등 기술 접목이 필수인 S/W경쟁력 확보가 절실하다.

국산차 Pony 탄생과 Genesis까지

1970년대 대한민국은 경제 성장을 지속하며 자동차산업 육성의 필요성이 대두되었다. 당시 현대자동차는 포드Ford와의 기술 제휴를 통해 자동차를 조립 생산하고 있었으나, 독자적인 자동차 개발의 필요성을 절감했다. 현대자동차는 자체 브랜드의 승용차를 개발하기 위해 1973년 '포니 프로젝트'를 시작했다.

현대자동차는 독자적인 자동차 개발을 위해 해외 전문가를 영입하였다. 영국 크라이슬러Chrysler에서 근무했던 자동차 유명 디자이너를 초빙하여 차량 설계를 진행했다. 포니의 생산을 위해 현대자동차는 울산에 대규모 자동차 공장을 건설하였다.

1975년부터 본격적인 양산이 시작됐으며 이듬해 대한민국 최초로 pony 국산자동차를 출시하여 경제적이고 실용적인 디자인으로 소비자의 관심을 받았다. 포니는 완전한 국산화가 목표였으나, 초기 단계에서 기술력 부족으로 인해 엔진과 변속기 등 핵심 부품을 일본 미쓰비시Mitsubishi 자동차에서 공급받았다.

그러나 차체와 섀시, 기타 부품들은 현대자동차 자기개발을 통해 점진적으로 국산화율을 높였다. 현대자동차는 부품개발을 위해 국내 협력업체들과 자동차산업 전반의 기술 수준을 향상하는 계기를 마련하였다. 포니 출시 후 국내 시장뿐만 아니라 해외 시장에서도 주목받았다. 1976년부터 에콰도르를 시작으로 남미, 중동, 유럽 시장에도 수출하였으며 대한민국 자동차산업 글로벌 진출을 위한 초석이 되었다.

pony의 개발과 생산은 현대자동차뿐만 아니라 대한민국 자동차산업 전체의 발전을 이끄는 계기가 되었다. 국산 자동차 개발의 초석을 다진 pony는 이후 현대자동차가 글로벌 자동차 기업으로 성장하는 데 중요한 역할을 하였으며, 대한민국의 기술 자립과 산업 발전을 상징하는 모델로 남게 되었다.

현대자동차의 성공 비결을 살펴보면, 가장 눈에 띄는 것은 철강부터 부품, 완성차에 이르는 통합 생태계를 구축한 점이다. 현대제철과 현대모비스 같은 계열사들과의 유기적인 협력은 원가 경쟁력을 높이고 품질을 일관되게 유지하는 데 큰 역할을 했다. 정의선 회장 체제에서 보여준 빠른 의사결정 구조는 급변하는 자동차 시장에서 민첩하게 대응할 수 있는 힘이 되었다. 디자인 측면에서도 현대자동차는 큰 변화를 이뤄냈다. 자연의 유려한 곡선을 중시하는, 디자인 철학을 도입한 이후 브랜드 이미지가 크게 향상되었고, 이전까지 '가성비' 중심으로 인식되던 브랜드 이미지를 '디자인 혁신' 기업으로 탈바꿈시켰다.

글로벌 시장, 특히 디자인에 민감한 유럽 시장 공략에 큰 도움이 되었다. 전기차 시장에서의 선제적인 대응도 주목할 만하다. 2019년 발표한 전기차 전용 플랫폼 E-GMP를 바탕으로 아이오닉 5, EV6 등 성공적인 전기차 라인업을 구축했으며, 이 모델들은 세계 각국에서 호평받으며 현대자동차의 기술력을 입증했다.

시장 다변화 전략도 성공의 중요한 요소였다. 초기에는 북미와 유럽 시장에 집중했지만 점차 인도, 브라질, 러시아 등 신흥 시장으로 진출 범위를 넓혔다. 특정 지역의 경기 침체에도 안정적인 성장을 이어갈 수 있는 원동력이 되었다.

정몽구 명예회장의 품질경영 10년 보증 경영철학은 글로벌 소비자들의 신뢰를 얻는 데 주효했다. 초기에는 품질 문제로 어려움을 겪기도 했지만, 지속적인 개선 노력은 결국 J.D. 파워 품질조사에서 상위권에 오르는 성과로 이어졌다.

각 시장별 맞춤형 모델을 개발하고 현지 생산 체제를 구축하는 현지화 전략도 현대자동차의 성공에 기여했다. 인도의 소형

차 크레타, 미국 시장의 제너시스를 비롯해 SUV 모델들처럼 각 지역 소비자들의 취향과 요구에 맞춘 제품을 개발하여 시장 점유율을 꾸준히 높여 왔다. 현대자동차의 고급브랜드 제네시스는 3대 중 1대가 미국에서 팔리고 있어 고급차 시장도 점점 확대되고 있다.

현대자동차는 2024년 총생산량을 기준으로 세계 3위의 글로벌 자동차 회사1위: 도요타 1,080만 대, 2위: 폭스바겐 903만 대, 3위: 현대자동차그룹 723만 대로 성장했다. 이러한 놀라운 성과는 하루아침에 이루어진 것이 아니라, 40여 년간 꾸준히 추진해 온 전략적 결정들이 누적된 결과이다.

현대자동차 승용자동차 생산 판매 현황(2024년 기준)

년도	차명	생산대수
1975	포니Pony	30만
1983	엑셀Excel	180만
1983	스텔라Stellar	60만
1985	쏘나타Sonata 그랜저Grandeur	1,000만
1991	엘란트라Elantra 아반떼Avante	1,300만
1992	투싼Tucson	900만
2000	싼타페Santa fe	500만
2008	제네시스Genesis	80만

초창기 엔진을 수입하며 기술을 의존했던 미쓰비시 자동차를 뛰어넘어 글로벌 기업으로 우뚝 서 있는 지금의 현대자동차그룹의 저력은 미래 모빌리티 혁신을 선도하고 글로벌 1위 자동차 회사의 목표도 충분히 이룰 수 있을 것이다.

자동차 After Service의 중요성

자동차산업은 치열한 글로벌 경쟁 속에서 생존을 위해서는 끊임없는 기술혁신과 품질향상, 안전성, 경제성, 편리성 등 무한한 차별화 전략이 필수적이다. 그중에서도 애프터서비스A/S: After Service는 단순한 고객 만족을 넘어, 기업의 존립과 시장 점유율 확대에 결정적인 역할을 한다.

자동차는 문화생활에 필요한 소비재뿐 아니라 장기간 사용하는 고가의 재산가치 내구재이다. 차를 구입한 이후 메이커의 사후관리와 서비스 수준이 고객의 신뢰도를 결정한다. 자동차 시장에서 경쟁력을 갖추기 위해서는 좋은 차량을 생산하는 것만으로는 부족하다. 우수한 애프터서비스를 제공하는 기업이 소비자들의 선택을 받을 수 있다.

A/S의 본질은 친절과 품질에 대한 신뢰이다. 시장으로부터 인정받는 브랜드는 입소문을 타고 자연스럽게 신규 고객을 확보하게 된다. 국내 최초의 승용차 고유모델인 현대 Pony 자동차를 출시하여 국내외 시장으로부터 호응을 얻게 되었다. 신차를 계약하고 2~3개월을 기다리는 경우가 많았다. 그 시절 나는 공채 신입사원으로 원효로 현대자동차 A/S 정비공장에 보수용 부품 개발 담당자로 입사했다.

군 시절 전투 장비 정비 기술업무 경험을 바탕으로 자동차 A/S업무에 쉽게 적응할 수 있었다. 원효로 정비 사업소에서는 아침 출근 전부터 정비 접수 차량이 장사진을 이루었다. 접수할 때은 신차 점검을 하는 보증수리 차량과 일반정비 대상 차량을 구별한다.

밀려오는 차량을 제때 처리할 수 없었으니 대기하는 고객들의 불만이 많았다. 차량 결함이 크거나 작업 시간이 많이 소요되는 차량은 미리 예약 정비시스템을 이용하도록 유도했다. 차량 결함 불만에 항의하는 고객도 많았다. 심지어 무조건 차량을 교체해 달라고 막무가내 떼를 쓰는 난감한 고객도 있었다.

필요한 부품을 미리 확보하는 일, 결품된 부품을 급히 조달하는 일, 긴급처리반을 운영하여 빈틈없이 공백을 없애는 일에 최선을 다해야 했다. 이런 상황을 보면서 완성차의 품질이 얼마나 중요한가를 절실히 느끼게 되었다. 나는 한국 자동차산업이 이

어려운 과정을 겪으면서 급속도로 발전을 이루었다고 생각한다.

생산공장과 부품업체가 혼연일체 되어 품질 보증을 3~10년까지 보장하며 고객 신뢰를 바탕으로 세계 시장 개척의 금자탑을 세우게 되었다.

A/S가 얼마나 중요한지는 자신이 자동차를 구입하여 고객이 된 입장에서 판단해야 한다. 자동차 구입에서부터 사후관리까지 유지비용 절감, 품질과 성능, 안전 면에서 최고의 만족을 얻을 수 있도록 해야 한다. 언제 어디서든 '고객이 왕이다'를 외칠 수 있어야 한다.

누구나 신뢰할 수 있는 최고의 A/S 네트워크를 구축하여야 한다. 새로운 고객을 확보하는 비용보다 기존 고객의 신뢰를 쌓아 장기적으로 내 고객으로 유지하는 비용이 훨씬 적다는 것을 인식해야 한다. A/S가 잘 갖춰진 메이커의 차량은 중고차 시장에서도 중고차 가치가 상승하고 잔존 가치에 높은 평가를 받는다.

이는 소비자들에게 신차 구입 시 중요한 고려 사항이 되며, 결과적으로 기업의 판매 실적과 브랜드 가치 향상으로 이어진다. 각국의 자동차 관련 법규도 소비자 보호와 환경 규제를 강화하는 방향으로 나아가고 있다. 철저한 A/S 시스템을 운영하면 리콜이나 품질 문제 발생 시 신속한 대응이 가능하며, 고객의 불만을 미연에 방지하는 신뢰 확보에 중요한 역할을 한다.

질 높은 A/S는 기업의 지속적인 성장과 시장 점유율 확대를 위한 필수 전략이다. 고객 만족을 극대화하는 수준 높은 A/S는 곧 강력한 브랜드 자산이며, 이는 다시 기업의 장기적인 경쟁력으로 이어진다. 결국 무한한 글로벌 경쟁에서 살아남는 전략은 고객 중심의 서비스이다.

미쓰비시 자동차공장 견학

　1980년대 초, 나는 일본 미쓰비시 자동차의 승용차 조립공장과 부품창고를 견학할 기회가 있었다. 세계 최고 수준의 품질과 생산성을 자랑하던 일본 자동차산업의 중심을 직접 본다는 생각에 가슴이 설레었다. 아직 한국은 자동차산업이 태동기였고, 자동차는 미국이나 일본제가 최고라는 인식이 강하던 시절이었다. 그러니 그 공장을 견학한다는 것은 마치 우리의 미래를 엿보는 느낌이었다.

　공장에 도착했을 때, 외관은 평범한 철골 구조의 대형 건물이었지만, 그 내부는 전혀 달랐다. 가장 먼저 인상 깊었던 것은 조립라인과 우리 견학 통로 사이의 구성이었다. 방문객과 조립 현장은 철저히 분리되어 있었으며, 그 거리는 약 5m 이상 떨어져 있었고, 그 사이에는 투명한 플라스틱 창으로 된 칸막이로 구분되어 있었다. 투명한 칸막이 창은 공장의 보안과 작업자의 불편을 고려한 역할이라 했다. 단순히 외부인의 접근을 막기 위한 조치가 아니라, 제품과 기술을 보호하려는 일본인의 꼼꼼한 성향이 엿보였다.

조립라인은 놀라울 정도로 정돈되어 있었다. 작업자들은 지정된 위치에서 일사불란하게 움직였고, 각자의 동작은 숙련된 장인의 손길처럼 매끄러웠다. 용접기와 기계장비들이 일정한 리듬을 타며 돌아갔고, 컨베이어벨트 위로 차체가 이동하면서 부품들이 하나씩 조립되었다. 수작업과 기계작업이 적절히 어우러져 있었고, 이미 어느 정도 자동화가 완성된 단계였다. 라인의 중단 없이 계속되는 흐름 속에서 일본의 생산성 비결을 알 수 있었다.

현지 직원의 설명에 따르면, 당시 이 공장의 시간당 조립 대수는 약 25~30대현재는 60~80대 수준 수준이었다. 지금의 기준으로 보면 다소 낮게 보일 수 있지만, 당시로서는 매우 인상적인 수치였다. 특히 라인의 안정성과 불필요한 정지가 거의 없는 점이 놀라웠다. 이는 부품 공급 시스템과도 밀접한 관련이 있었다.

부품은 하루 두 번, 오전과 오후로 나누어 공장 내부까지 공급된다고 했다. 철저한 시간관리로 부품의 종류와 양은 사전에 철저히 계획되어 있었고, 불필요한 재고가 라인 근처에 쌓이는 일은 거의 없었다. 'Just-In-Time정시 공급'이라는 말을 처음 들은 것도 이때였다. 한국에서는 아직 며칠간의 생산에 필요한 만큼 미리 쌓아 두는 것이 일반적인 방식이었기에, 이 시스템은 매우 신선하고 효율적으로 느껴졌다.

견학의 백미는 내수와 수출 보수용 부품 물류창고였다. 이곳은 나에게 충격에 가까운 경험을 주었다. 겉보기엔 단순한 창고처럼 보였지만, 내부는 완전히 달랐다. 바코드 시스템을 활용해 부품의 위치와 재고 수량이 전산으로 실시간 관리되고 있었던 것이다. 당시 한국에서는 바코드라는 개념조차 생소한 시절이었다.

우리는 아직도 부품 박스에 손 글씨로 숫자를 써놓고, 일일이 수기로 체크하는 방식에 익숙해 있었다. 이 바코드 시스템은 부품의 입고, 재고, 출고 등 이력관리를 자동화하는 시스템이었다. 창고업무의 효율성을 높이고 재고 정확성을 향상시키며, 창고 전체가 마치 살아 움직이는 생물처럼 느껴졌다.

그곳에서 보았던 모든 것이 당시의 한국공장과는 차원이 달랐다. 정리정돈, 보안의식, 효율적인 설비 운영, 그리고 무엇보다 인간과 기계의 조화로운 협업. 단순히 '기계화'가 아니라, 철저한 계획과 관리 철학 위에 세워진 '시스템'이란 게 이런 것이라는 걸 처음 깨달았다.

견학을 마치고 나오는 길, 나의 머릿속에는 수많은 생각이 떠올랐다. '우리는 언제 일본을 따라갈 수 있을까? 부러운 생각들이 많았다. 당시는 한국의 자동차산업이 15~20년 이상 뒤져있다고 인식하고 있었다. 도전과 실패를 겪으면서 한국 자동차산업도 놀라운 발전을 이뤄냈고, 오늘날엔 그때의 일본을 추월하여 현재의 일본과 동등한 수준까지 도달하게 되었다. 기적에 가까운 일이다.

돌이켜보면, 그날 본 광경은 단순한 공장 견학이 아니었다. 그것은 미래 자동차산업의 방향, 그리고 기술과 인간이 함께 만들어가는 진보의 모습을 미리 체험한 소중한 경험이었다. 시간이 지난 지금도 그때의 투명 창 너머로 바라본 정돈된 조립라인과 부품물류창고의 모습이 선명하게 떠오른다.

Best Driver

주차장에 들어서면
차가 먼저 나를 알아보고,
반가운 듯 헤드램프를 깜빡인다.

"오늘도 함께 떠날까요?"
속삭이듯 말을 건넨다.

시동을 거는 순간,
마음 한켠이 평온해진다.

나는 내 차를

비행기처럼 여긴다.

엔진 소리는 기장의 출발 신호 같고,
핸들은 조종간이 된다.

급하게 움직이지 않는다.
부드럽고 조심스럽게,
이륙하듯 출발한다.

뒷좌석에 언제나
귀한 손님이 타고 있다고 생각한다.

둔턱이 나타나면
먼저 속도를 줄인다.
덜컹임 없이
물 흐르듯 지나간다.

급브레이크는 없다.
예측하고 서서히 감속하니
차도, 나도 놀라지 않는다.

가속은 조용히,

속도는 일정하게.
차는 그 리듬을 좋아한다.

차선은 쉽게 바꾸지 않는다.
내 움직임이
다른 이의 평온을 깨지 않도록.

차간 거리는 넉넉하게.
운전은 흐름에 몸을 맡기는 일이다.

"천천히 가면 답답하지 않나요?"
그럴 수도 있다.
하지만 나는 안다.

이건 소심함이 아니라,
이웃을 돕는 배려다.

비행기처럼
안전을 중시하고
흐름을 존중한다.
때로는
힘 있게 달리기도 한다.

차는 기계이지만,
그 안엔 감정과 생명이 있다.

오늘도 나는
애마와 함께
조용히, 깊이 있는 여행을 떠난다.

자동차가 말을 안 들을 때

말馬이 주인의 말言을 안 들을 때가 있듯이, 자동차가 운전자의 의지대로 통제되지 않을 때가 있다. 자동차는 현대생활에서 없어서는 안 될 문화생활의 필수품이다. 어떻게 보면 가족이 거주하는 주택이나 가구같이 일종의 분신이나 다름없다.

그러나 자동차가 통제되지 않는 무서운 존재이자 사람에게 최악의 흉물로 변해 버릴 때가 있다. 무서운 사고는 차를 다루는 우리가 자동차를 조금이라도 깊이 이해하고 위험한 존재로 여기지 않은 탓이다. 정해진 능력 안에서 그동안 경험한 기계적 한계를 무시했을 가능성이 많은 데서 일어난다.

나의 운전 경력이 10년쯤 됐을 여름휴가 때의 일이었다. 80년대 어느 여름날, 가족과 함께 속초로 휴가를 떠났다. 생전 처음 춘천을 지나 홍천 인제의 험준한 미시령 고개를 넘어야 했다. 그 당시 고속도로도 없었기에 국도를 따라 꼬불꼬불 태백산맥의 산길을 오르내리며 차도 고생, 운전자도 고생, 가족들도 조마조마 해하던 기억이 생생하다. 미시령 고개의 해발 800m가 넘는 오르막과 내리막길 운행에 자동차 엔진과 브레이크의 과열로 중간 중간에 쉬어 가야만 했다.

창밖으로는 낭떠러지가 펼쳐지고, 고개 정상에 오르니 운무가 자욱하여 마치 구름 속을 달리는 듯한 신비로운 풍경이 펼쳐졌다. 정상 휴게실은 지친 차들로 입구까지 차가 꽉 막혀 있었다. 아이들은 두려움 반 설렘 반이었고, 차도 무더위와 오르막길에 지쳐 에어컨이 있으나 마나였다. 여름휴가를 즐기러 가는 게 아니라, 고생을 사서하는 상황이 되니 한편 겁이 났다.

자동차의 엔진이 과열되어 엔진 냉각수가 팽창되면 라디에이터의 물이 압력에 못 이겨 뜨거운 물이 뿜어나오는 현상엔진 오버히이트 직전까지 이르렀다. 간혹 도로가에 차의 보닛을 열어놓고 엔진을 식히는 광경도 보았다.

그 당시는 자동차 탑승자의 인원 제한과 짐의 무게를 무시하고 운행하는 경우가 많았다. 자동차의 품질도 열악하여 그만큼 자동차 운행에 안전사고의 위험이 많았다. 특히 장거리 여행을 갈 때는 자동차의 상태를 사전에 철저히 점검하여 예방정비를 하는 데 소홀한 경우가 많았다.

운전하기는 오르막 도로보다 내리막 도로를 운전하는 것이 훨씬 어렵고 위험하다. 내리막 도로는 차량 자체의 관성으로 브레이크 기능만으로 속도를 제어하는 것보다는 속력을 줄이고 엔진 블록^{저단} ^{운행}을 함께 사용하여 내리막길을 주행하는 것이 안전하다.

브레이크를 많이 사용하면 브레이크 라이닝에 열이 한도 이상 발생하여 마찰이 생기지 않고 미끄러져 브레이크가 말을 듣지 않는다. 이때부터는 자동차의 속도를 줄일 수 있는 조치가 작동되지 않는다. 그래서 내리막길 사고는 대형 사고가 많다.

요즘 도로는 안전설계가 잘 되어 있어 자동차 운전하기 좋은 여건이다. 그러나 부주의에 의한 내리막 커브길 사고나, 멀쩡한 도로에서 일어나는 일명 급발진 사고는 브레이크와 액셀러레이터 사용 간에 운전자의 혼돈이 발생 원인일 경우가 많다.

지금도 강릉 고속도로 대관령 내리막 도로에는 차의 속도를 브레이크로 제어하지 못할 때 도로를 이탈하여 강제로 차를 세울 수 있도록 오르막 인공언덕을 만들어 놓은 곳을 볼 수 있다. 최후의 수단이지만 만약의 사태에 브레이크가 작동되지 않을 때 큰 사고를 방어할 안전시설이다.

나는 그곳을 지날 때마다 안전운전, 방어운전, 착한운전을 실천해야겠다는 Best Driver의 각오를 몇 번이고 다짐한다. 한순간의 실수로 소중한 여러 생명을 잃는다는 것, 너무나 끔찍한 일이다. 생각만 해도 기절할 것 같다. 몸서리쳐진다.

운전은 정말 "조심조심 또 조심" 안전운전을 해야 한다. 단순하게 차를 모는 일만이 아니다. 운전자의 침착한 마음을 함께 실어야 한다. 차는 우리가 다루는 일종의 '기계'이지만, 그 안에 타는 사람들의 '감정과 생명'이 함께 있다.

운전은 인생을 꼭 닮았다. "성급함은 사고를 낳고, 침착함은 안전을 지킨다." 운전은 곧 삶의 철학이다. 좋은 운전자가 되는 길, 그것은 좋은 인생을 살아가는 길이기도 하다.

피카소 미술관에서

플라사 데 라 메르세드Plaza de la Merced 광장 모퉁이에서, 작은 안내판을 발견했다. '피카소의 생가'라고 쓰여 있었다. 지중해의 햇살이 비치는 스페인 말라가의 좁은 골목길을 걸었다. 언뜻 보기에 오래된 옛 건물들이 줄지어 있어 퇴색해 가는 마을 입구 같았다. 하얀색 건물들 사이로 푸른 하늘이 보이고, 멀리서 바다 향기가 얼굴을 휙 감싸며 골목길로 불어왔다.

미술관 입구부터 낯선 건물 모습이었다. 옛 형태를 그대로 둔 채 수리한 흔적이 울퉁불퉁 솟아 보였다. 전시관 안에 들어서자 벽에 걸린 그림은 여느 가정의 꾸밈처럼 소박할 정도였다. 피카소가 태어나고 자란, 어릴 때의 모습이 그대로 보존되어 있었다. 19세기 말 스페인의 전형적인 중산층 가정의 모습을 눈으로 상상한 채 마음으로 느낄 수 있었다. 어린 파블로 피카소가 어떤 모습으로 어떤 꿈을 꾸었을까? 깊은 상상 속으로 빠져들었다.

1층 전시실에는 피카소의 어린 시절 그림들이 전시되어 있었다. 놀랍게도 7살 때 그린 비둘기 그림은 마치 살아 있는 것처럼 생생했다. 피카소의 아버지는 미술 교사였는데, 어린 파블로에게 비둘기를 그리는 법을 가르쳐 주었다고 한다. 이 비둘기 그림들은 후에 평화의 비둘기로 발전하여 전 세계에 평화의 메시지를 전하게 되었다.

2층으로 올라가면서 피카소의 예술적 성장 과정을 따라가 볼 수 있었다. 10대 때 그린 그림들을 만날 수 있었다. 특히 인상적이었던 것은 그의 가족 초상화였다. 여동생 로라와 콘치타를 그린 그림에서는 아직 어린 화가의 따뜻한 시선이 느껴졌다. 이 시기의 작품들은 후에 그가 보여줄 혁신적인 화풍의 기반이 되었다. 피카소는 자신의 가족을 그릴 때면 언제나 특별한 사랑과 애정을 담았다고 한다.

미술관의 가장 특별한 공간은 피카소가 그림을 그리던 작은 방이었다. 창가에 놓인 이젤과 물감, 붓들…, 마치 시간이 멈춘 것 같았다. 이곳에서 우리는 위대한 예술가 피카소가 어떻게 성장했는지를 보았다. 어린 시절부터 그림에 대한 열정과 재능을 보였던 소년은, 결국 20세기 가장 영향력 있는 예술가가 되었다.

특히 인상적인 것은 그의 초기 작품들에서 보이는 뛰어난 관찰력과 섬세한 표현력이었다.

미술관의 마지막 전시실에는 피카소의 후기 작품들이 전시되어 있었다. 말년에 이르러서도 그의 창조적 에너지는 식지 않았고, 오히려 더욱 자유로워진 표현으로 현대미술의 새로운 지평을 열었다. 게르니카와 같은 걸작을 통해 그는 예술이 가진 사회적 메시지의 힘도 보여주었다.

미술관을 나서며 광장의 피카소 동상을 만났다. 벤치에 앉아 있는 모습의 동상은 마치 지금도 이곳을 지나는 사람들을 따뜻한 눈으로 바라보는 것 같았다. 동상 옆에는 어린이들이 좋아하는 비둘기가 모여있었는데, 마치 피카소의 그림 속 비둘기들이 살아나온 것처럼 보였다.

말라가의 피카소 미술관은 단순한 전시공간이 아니다. 이곳은 한 천재 예술가의 꿈이 시작된 특별한 장소이자, 예술의 씨앗이 피어난 소중한 공간이다. 피카소의 예술 여정은 현대미술사의 혁명적 변화를 대변한다. 피카소의 예술은 단순한 양식의 변화를 넘어 인식론적 혁명을 이끌었다.

그의 작품은 시각적 재현, 본질에 대한 질문을 제기했으며, 이는 현대미술의 철학적 기반이 되었다. 어쩌면 지금도 이 도시의 어딘가에서 새로운 피카소가 자라나고 있을지도 모르겠다.

피카소의 주요 작품들

1. 평화의 비둘기La Colombe de la Paix, 1949

단순하고 우아한 곡선으로 표현한 비둘기 작품이다. 여러 버전이 존재하며, 대표적인 작품은 파리 피카소 미술관에 소장되어 있다. 이 이미지는 1949년 파리 평화 회의의 포스터로 처음 사용되었고, 이후 평화의 상징이 되었다.

2. 게르니카Guernica, 1937

전쟁의 비극을 상징하는 추상화이다. 마드리드의 소피아 왕립 미술관Museo Nacional Centro de Arte Reina Sofía에 전시되어 있다. 크기가 매우 큰 작품349.3cm×776.6cm으로, 전쟁의 참혹함을 고발하는 20세기 가장 영향력 있는 반전 작품으로 평가받고 있다.

3. 아비뇽의 처녀들Les Demoiselles d'Avignon, 1907

입체파의 시작을 알린 작품의 기하학적 구성이다. 뉴욕 현대미술관MOMA에 소장되어 있다. 입체파의 시작을 알린 혁신적인 작품으로 평가받고 있다.

4. 가족 초상화들

피카소의 가족 초상화는 여러 점이 존재하며, 파리 피카소 미술관과 바르셀로나 피카소 미술관에 주로 소장되어 있다. 특히 어린 시절 그린 가족 초상화들은 말라가 피카소 미술관에서도 볼 수 있다.

한 시간을 소중히 살자

분당중앙교회 담임목사 최종천

한 시간
한 시간을 소중히 살자

내게 다시 오지 않을 시간이다
너무 적게 남은 시간이다

이제 후회할 시간은 없다
미워할 시간도 없다
억울할 시간도 없다
슬플 시간도 없다

다만
기뻐하고
사랑하고
웃고
떠들고
즐거워할 시간조차 부족하다

슬퍼 말고
단 몇 분도 기뻐하라
찡그리지 말고 단 몇 초라도 웃고 행복하라

단 한 번
숨 쉴 마지막 기회라 생각하고

사랑을 고백하고
감사를 표하고
격려하고
용기를 주고 가자

고맙다고
기뻤다고
행복했다고
함께 더 있고 싶다고 말하고
가자

혹 내일이 주어진다면
만나 주어서
곁에 있어 주어서
고맙다 말하고
버리지 말아 달라고 부탁하고

또 하루 살다 가자

목재화

백주현

나무는 기억하고 있다
청록으로 물들던 하계의 잎사귀를
나무는 기억하고 있다
소복히 쌓이던 가지 위 동계의 백설을

목수가 나무 베는 소리
서걱서걱
나무들에 굴절되어 비명소리 들리는데
투박한 껍질은 숭덩숭덩 잘려나가고
이내 곧 완벽한 목재가 되었으리라

휘날리는 톱밥에 눈물이 가리우고
숲을 채우던 나무들의 진동은
왁스칠 따위에 봉인당했다

나이테 하나하나를 헤아려보다
깨달음을 얻은 그대는
그들의 윤기에 같이 슬퍼하여라

청량산의 봄

실경산수화의 깊은 숨결

산수화는 동양화의 대종大宗을 이룬다. 동양화라고 하면 자연스럽게 산수화를 떠올린다. 산수화는 동양의 자연관自然觀을 토대로 하여 성립된 것이기에 화가의 자연철학을 엿볼 수 있다. '왜 산수를 그리는가?' 그 이유는 속세에 젖어있지 않은 선비의 가슴속에만 존재하는 이상세계理想世界를 그림으로라도 맛보려 함이다.

중국 북송 시대 곽희郭熙는 산수화 이론서에서 "곧 그림은 자연, 화가가 가지는 자연에 대한 사랑 등을 가장 명료하게 표한한 대표적인 말이리라"라고 했다.

이理는 기氣 속에 존재하며 기氣는 생성해 낼 수 없고, 이理는 기氣에 의존하여 독립하여 존재할 수 없다. 그래서 백남흥의 그림은 자연사물 속의 정신을 그려내는 신이神以가 아닌 자연사물의 고착화된 형이形以의 표현을 중시한다 말할 수 있다.

백남흥이 그리는 그림은 산이고 강이라 하더라도 그것은 그의 인식대상일 뿐, 인식활동은 눈과 귀, 마음과 사고耳目心思의 작용이다. 결국 인식대상은 내부에 존재하지 않으며, 인식작용이 외부에 있는 것도 아니니, 산수화가 쉬워 보이지만 그려내는 데 심한 고통이 따른다. 이런 이유로 백남흥의 화력畵力에 문득 경외감이 든다.

경상국립대학교 미술교육과 교수 박성식

현역 시절 함께했던 지인이 보내온 수필 겸 자서전 한 권이, 내게 이 여정을 시작하게 한 작은 불씨가 되었다. 책이라고는 교과서나 참고서 외엔 손에 잡아본 적이 없는 나였지만, 밤늦도록 책장을 넘기며 마음이 울리는 경험을 했다. 그 책 속 이야기는 나의 지난 세월과 너무나 많이 닮아 있었고, 그 여운이 오래도록 남아 있었다.

은근한 자극이 되어 나도 한번 글을 써보자는 용기를 냈고, 디지털 글쓰기 모임 문을 두드렸다. 처음엔 쉽지 않았다. 어린 시절 추억을 떠올리며 써 내려가는 일은 마치 오래된 기억의 숲속을 헤매는 듯했고, 서툰 손끝으로 스마트폰과 노트북 자판을 두드리며, 수없이 지우고 다시 쓰는 시간이 이어졌다.

글쓰기는 생각보다 고된 길이었고, 그림처럼 덧칠해 고칠 수도 없는, 한 줄 한 줄이 진심이어야 하는 일이었다. 하지만 그렇게 고군분투한 끝에, 드디어 한 편의 글을 세상에 내어 놓게 되었다. 부족한 글이지만 내 삶의 조각조각이 모여 하나의 물줄기처럼 흘러나온 기록이기에, 더없이 소중하다.

이 책이 세상에 나올 수 있도록 도와준 모든 분들께 깊은 감사를 전한다. ㈜글로벌콘텐츠출판그룹 홍정표 대표님, 원고를 다듬어주신 편집부 여러분, 늘 응원해 주신 신광철 작가님, 문영숙 작가님과 현우회 회원님들, 그리고 묵묵히 지켜봐 준 가족에게도 감사한 마음을 전한다.

　이 글을 마무리하며 나는 다시 일상의 자리로 돌아가지만, 이 여정은 끝이 아니라 또 다른 시작임을 느낀다. 앞으로의 삶도 시냇물처럼 잔잔히, 그리고 끊임없이 흘러가길 소망한다. 이 책이 누군가에게 삶의 위로가 되기를 바라며, 한 편의 긴 글을 이렇게 마무리한다.

백남흥

흐르는 물처럼 아련한 수묵화처럼

© 백남흥, 2025

1판 1쇄 인쇄_2025년 07월 20일
1판 1쇄 발행_2025년 07월 30일

지은이_백남흥
펴낸이_홍정표
펴낸곳_작가와비평
　　　등록_제2018-000059호

공급처_(주)글로벌콘텐츠출판그룹
　　　대표_홍정표 이사_김미미 편집_백찬미 강민욱 남혜인 홍명지 권군오
　　　디자인_가보경 기획·마케팅_이종훈 홍민지
　　　주소_서울특별시 강동구 풍성로 87-6 전화_02-488-3280 팩스_02-488-3281
　　　홈페이지_www.gcbook.co.kr 메일_edit@gcbook.co.kr

값 17,000원
ISBN 979-11-5592-364-1 03810